リフレクティッド・イン・ユー

ベアード・トゥ・ユーⅡ　上

シルヴィア・デイ
中谷ハルナ 訳

ベルベット文庫

リフレクティッド・イン・ユー　上

ベアード・トゥ・ユーⅡ

本書をノーラ・ロバーツに捧げる
彼女こそ創造的刺激であり、まさに最高の作家

謝辞

シンディ・ウォンとレスリー・ゲルブマンに心から感謝します。ふたりはわたしを支え、励まし、なによりも大切なことに、ギデオンとエヴァの物語を愛してくれています。本を書くにも売るにも情熱が必要です。ほんとうにありがたいことに、ふたりにはその情熱があります。

エージェントのキンバリー・ウェーレンに感謝すべきことを残らず並べ立てたら、一冊の本が書けるでしょう。クロスファイア・シリーズは、多くの国でさまざまな取り組みが必要な壮大な試みですが、彼女はあらゆるチャンスを確実にものにします。彼女がいつもしっかりしているので、わたしは共同作業のうちの自分の役割――書くこと！――に好きなだけ没頭でき、そうさせてくれる彼女を心から愛しています。

そして、シンディ、レスリー、キンバリー、クレア・ペリー、トム・ウェルドンを支える〈ペンギン社〉と〈トライデント・メディア・グループ〉の心強いチームのみなさん。ひとり残らずお名前をあげたいところですが、実際、ひとつの村ができそうなくらいの人数なのです。情熱を胸に、身を粉にして働いてくださったことに感謝したいスタッフが、ほんとうに、何十人もいらっしゃいます。クロスファイア・シリーズは〈トライデント〉と〈ペンギン社〉の世界じゅうの関係者に愛され、世話をしてもらっていて、みなさんがわたしの本のために時間を費やしてくださったことに感謝しています。

クロスファイア・シリーズをいまの形にする原動力となってくれた編集者、ヒラリー・サレスには心からの感謝を捧げます。彼女はいつもわたしの軌道修正をしてくれます。いろいろな面でわたしの人生を楽にしてくれる広報担当のグレッグ・サリヴァンへ、ほんとうにありがとう。

それぞれの国にギデオンとエヴァを迎え入れて、読者に紹介してくださった海外の出版社（これを書いている現在、約四十か国）すべてにも感謝しなければなりません。ほんとうにすばらしい仕事をしていただき、感謝に堪えません。

そして、ギデオンとエヴァの物語を受け入れてくださった世界じゅうの読者のみなさん、ありがとう！　『ベアード・トゥ・ユー』を書いたとき、この作品を愛するのはわたしだけだろうと思いこんでいました。みなさんにも愛していただいて、これからもエヴァとギデオンがたどる道のりをいっしょに追っていけるかと思うと、どうしようもなくわくわくします。ホットなでこぼこ道は、友とともに進んでいくのがいちばんですから！

1

わたしはニューヨークを愛してる。こんなふうにどうかしちゃったくらい好きなのは、人生であともうひとつだけ。この町は新世界のチャンスと旧世界の伝統が同居する小宇宙だ。慎重で保守的な人たちが放浪者《ボヘミアン》と触れ合う。奇妙な品も、値のつけられない貴重な名品も、同じ店に並んでいる。脈動する町のエネルギーは連綿とつづく国際的ビジネスを活気づけ、世界中から人を引きつける。

そして、そんな脈動と、旺盛な野心と、世界的に知られた才能すべての化身《けしん》に抱かれて、わたしはつま先を曲げずにはいられないすごいオーガズムに二度、達したばかりだ。

大きなウォークイン・クローゼットへ向かいながら、ギデオン・クロスとセックスをして乱れたままの彼のベッドをちらりと見る。気持ちよさがよみがえって、ぶるっと身震いしてしまう。シャワーを浴びたばかりのわたしの髪はまだ濡れている。体にはタオルを巻きつけているだけだ。一時間半後には、職場のデスクに向かっていなければならず、のんびりしてはいられない。まったく、毎朝の予定にセックスを組み込んでおかないと、いつもばたばたあわてるはめになってしまう。ギデオンは世界を征服する気満々で目を覚まし、手始めにわたしを征服するのが好きだ。

なんてラッキーなわたし？

いつのまにか七月になって、ニューヨークの気温も上がる一方だから、わたしはアイロンのかかった生成りのリネンの細身のスラックスに、目の色と同じ淡いグレーのポプリン生地の、ノースリーブのブラウスを合わせた。ヘアアレンジは苦手なので、長い金髪はシンプルにポニーテールにまとめて、メイクをする。人前に出るのにふさわしいきれいなわたしになってから、寝室を出た。

廊下に出たとたん、ギデオンの声がした。低くて、歯切れはいいがはねつけるような声。怒っている、と気づいたら、かすかな震えが体に広がった。彼はめったなことでは怒らない……わたしが怒らせないかぎりは。わたしにだけは声を荒らげて悪態をつき、肩に届く美しい漆黒の髪を両手でかき上げさえする。

それでも、たいていの場合、ギデオンは抑制されたパワーの塊《かたまり》だ。じろりと一目見たり、そっけない一言を告げたりするだけで、人を震え上がらせられるから、怒鳴る必要はない。

彼はホームオフィスにいた。部屋の入り口に背中を向けて、ブルートゥースのイヤホンを耳につけている。腕組みをして、五番街にあるアパートメントのペントハウスの窓から、外を見つめている。とても孤独な男性、という感じ。まわりの世界から切り離されていながら、その世界を丸ごと支配できる人のようだ。

わたしは扉の枠に寄りかかって、そんな彼に見惚れている。わたしがギデオン越しに眺めている遠い高層ビル群の景色のほうが、彼に見えているものより見事なのはまちがいない。そびえ立つ摩天楼に重なる彼の姿は、その向こうの建物に劣らず力強くて感動的な存在だから。わたしがなんとかベッドから這《は》い出す前に、彼はシャワーを終えていた。深刻な依存症の原因になる体はすでに、注文仕立ての高級スリーピース――まちがいなくわたしを熱くするスイッチ――のツーピースに包まれている。後ろ姿でなにより目を引かれるのは、完璧な形のお尻と、ベストに覆われたたくましい背中だ。

壁には、わたしたちがいっしょに写っているさまざまな写真の大きなコラージュと、わたしが眠っているときに彼が撮った、親密感にあふれる写真が一枚、飾られている。それ以外のほとんどは、彼につきまとうパパラッチに撮られたものだ。彼はクロス社のギデオン・クロス。なんと二十八歳という若さで、世界でもっとも裕福な二十五人のうちのひとりだ。マンハッタンのかなりの部分は彼のものにちがいないと思うし、わたしにとってはまちがいなく地球上でいちばん刺激的な男性。その彼が、仕事場のあちこちにわたしの写真を置いている。わたしが、彼と同じくらい見ていて楽しい対象であるみたいに。

彼はかかとを中心にくるりと優雅に回転して、氷のようなブルーの目でわたしを見つめた。もちろん、わたしがここにいて彼を見ているのはわかっていたはずだ。ふたりがそばにいると、まわりの空気がパチパチはじけるから。雷鳴がとどろく前の張りつめた静寂に似た、息づまる期待感。彼はわたしと向き合う前にわざと一拍待って、じっくり眺められるようにしてくれたのだろう。わたしが彼を眺めるのが大好きだと知っているのだ。

〝謎と危険の塊〟のような男。そのすべてはわたしのもの。

ああ……あの顔の衝撃的な美しさに慣れるのはぜったいに無理。彫像のような頬骨と、翼を思わせる黒い眉、濃いまつげで縁取られた青い目、そして、唇……官能と邪悪さを併せもつように、絶妙に彫られたとしか思えない唇。セックスを誘って、あの唇がほほえむのは大好きで、いかめしげにキッと一文字に結ばれると、震えてしまう。そして、あの唇が体に押しつけられると、わたしは彼のとりこになって燃え上がる。

まったく、もう、なにを考えてるの？　わたしは口をへの字に曲げた。恋人がどんなにすてきか、どんどん詩人みたいになって語りだす友だちに、あれほどうんざりしていたっていうのに。でも、これが現実。わたしは、複雑で、いらだたしくて、めちゃくちゃで、罪なほど色っぽい男の華麗さをいつも畏《おそ》れ敬い、日ごと恋の深みにはまっていく。

ふたりで見つめ合っても、彼はしかめっ面のままで、哀れな電話の相手との話をやめない。いらだって冷め切っていたまなざしが熱を帯びて、焼けつくくらい熱くなりかけているけれど。

わたしを見つめるときの彼の変化にもう慣れてもよさそうなのに、いまだに足下がふらつくくらい衝撃を受けてしまう。その目つきから、彼がどれだけ激しく、どんなに深く、わたしとファックしたいか――チャンスがあれば、彼はかならずそうする――伝わってくると同時に、むき出しで揺るぎない意志の力の片鱗《へんりん》もうかがえる。その意志の力こそ、ギデオンが人生でなにかするときにかならず示す強さと制御力の中核だ。

「では、土曜日の八時に」彼はそう締めくくり、耳からイヤホンを引き抜いてデスクの上に放った。「おいで、エヴァ」

ぞくぞくと震えが体を走った。彼にのしかかられて……彼に満たされ……彼にかきたてられて、オーガズムに達しようと躍起になっているときに、〝いくんだ、エヴァ〟と言われるのと同じ、鋭い命令口調で名前を呼ばれたから。

「そんなことやってる時間はないわ、超一流《エース》さん」後ずさりをして廊下に出るのは、彼にかかるとわたしはまるでだらしないから。なめらかで洗練された声のちょっときしるような音を耳にするだけで、いきそうになる。いつだって彼に触れられると、ふにゃっとなってしまう。

急いでキッチンへ行って、ふたり分のコーヒーを淹《い》れようと思った。

彼は小声でなにか言い、わたしを追ってきた。歩幅が広いから、すぐに追いつかれてしまう。気がついたら、百八十八センチの硬くて熱い体の男性にとらえられ、廊下の壁に押しつけられていた。

「逃げたらどうなるか、わかっているだろう、エンジェル」ギデオンはわたしの下唇を嚙んでから、舌で愛撫して痛みを癒《いや》した。「僕につかまる」

わたしのなかでなにかが嬉々として降伏して、ため息をつく。彼にぴったり密着しているうれしさに身がゆるむ。いつでも彼がほしいし、その思いの強さに体がうずくほどだ。感じているのは欲望。そして、もっとはるかに強いなにか。それがとても大切で、深いものだから、ギデオンのわたしへの欲望は引き金にはならない。彼以外の男性ならそうなっていただろうけど。ほかのだれかが体重をかけて服従させようとしてきたら、わたしはひどい恐慌状態におちいったはず。でも、ギデオンが相手なら、ぜったいにそんなことにはならない。わたしがなにを必要として、どこまで耐えられるか、彼はわかっている。

突然、彼がにこっとするのを見て、心臓が止まりそうになった。

つややかな黒髪に囲まれた、息を吞むほど美しい顔と向き合い、ちょっとだけ膝から力が抜けた。彼はすごく洗練されていて、都会的だ。ただし、シルクのような髪の退廃的な長さだけはべつ。

彼が鼻をわたしの鼻に押しつけてくる。「あんなふうにほほえみかけて、そのまま行ってしまうなんて。僕が電話をしているあいだ、なにを考えていたか言ってごらん」

唇をゆがめ、不満そうに言った。「あなたって、なんてすてきなんだろう、って。そんなことばかり考えていて、うんざり。もうそういうのは卒業しなくちゃいけないのに」

彼はわたしの腿の裏を手のひらで包みこみ、自分のほうへぎゅっと引き寄せると、わたしの腰に腰を押しつけて、巧みにこねるように、ねだるように動かした。ベッドのなかの彼は才能の塊だ。自分でもそれを知っている。「卒業などさせるものか」

「そうなの？」熱い血が血管のなかをうねっていく。わたしの体はどうしようもないほど彼に触れたがっている。「だったら、おメメに星をたたえたほかの女性にくっついてほしい、なんて言ってはだめよ、〝過度な期待は大嫌い〟さん」

「僕の望みは」ネコが喉を鳴らすように言い、わたしの顎をつかんで、親指の腹で下唇をたどる。「きみが四六時中、僕を思いつづけて、ほかのだれのことも考えられなくなることだ」

わたしはゆっくりと震える息を吸い込んだ。彼の熱くくすぶるような目つきと、そそられる口調と、熱い体と、唾がわいてくるような体の匂いに、完全に魅了されている。彼はわたしの麻薬。断ち切る気はまったくない。

「ギデオン」うっとりしながら、ため息混じりに呼んだ。

彼は小さくうめき声をあげて、くっきりと切り出したような口でわたしの口をふさいで、みずみずしくて深いキスで時間の感覚を忘れさせ……そのキスで、いま、彼があらわにしたばかりの不安から、わたしの気をそらしかけた。

わたしは彼の髪に指を差し入れて、頭を動かなくさせ、キスを返した。舌で彼の舌をたどり、なでる。わたしたちは付き合うようになってほどない。一か月もたっていない。さらに悪いことに、ふたりとも、たがいに築き上げようとしているような関係——ふたりとも、過去によってひどく傷ついていることをきちんと認め、そうじゃないふりはしない関係——の結び方を知らない。

僕のものだと言わんばかりに、彼の両腕がきつくわたしを締めつける。「週末はきみと南へ向かって、フロリダキーズで過ごしたかった——裸でね」

「うーん、いい感じ」いい感じどころじゃない。スリーピースのスーツ姿のギデオンは最高にすてきだけれど、一糸まとわぬ彼のほうがはるかに好きだ。今週末は都合が悪いことは、あえて口にしなかった……。

「ところが、週末は片づけなければならない仕事があるんだ」わたしの唇に唇をつけたまま、つぶやいた。

「わたしと過ごすために後回しにした仕事？」ふたりでいっしょに過ごそうと、彼は仕事を早めに切り上げることがあり、その穴埋めをしなければならないのだろう。わたしの母は三度、結婚していて、程度はさまざまでも、相手はすべて成功して富を得た大物だ。夜遅くまで働いてようやく野望は果たせるものだと、わたしも知っている。

「他人に気前よく給料を払うのは、きみといっしょにいられるようにだ」

うまくはぐらかされた。それでも、一瞬、彼の目がいらだたしげに光ったのに気づいて、話を変えた。「ありがとう。時間がなくなる前に、コーヒーを飲みましょう」

ギデオンはわたしの下唇を舌でたどってから、体を離した。「あすの夜、八時には離陸したい。着替えは涼しくて薄いものでいい。アリゾナは乾燥して暑いから」

「なあに?」わたしは目をぱちくりさせ、ホームオフィスに消えていく彼の背中を見つめた。「アリゾナで仕事なの?」

「残念ながら」

へえ……そういうことね。コーヒーを摂取し損なう危険は冒さず、言い争いは後回しにして、そのままキッチンへ向かった。ギデオンの広々としたアパートメントは、細長いアーチ型の窓がある戦前のすばらしい建築物の一部で、歩いていくわたしのヒールが磨き上げられた硬材の床板を打ってコツコツと鳴っては、オービュッソン織りの敷物を踏んでくぐもった音をたて、それが交互に繰り返される。黒い木材と灰色がかった布で内装をまとめた豪奢《ごうしゃ》なスペースは、色鮮やかな石でアクセントがつけられている。たっぷりお金をかけていると一目でわかっても、温かく迎えられる雰囲気は保たれ、くつろげて、満たされていると感じられる心地いいスペースだ。

キッチンまで行くと、一杯用のコーヒーメーカーに持ち運び用のトラベルマグを差し込んだ。ギデオンも一方の腕に上着をかけて、携帯電話を持ち、キッチンに入ってきた。つづけて、彼用のトラベルマグをセットしてから、クリームを取りに冷蔵庫に近づいた。「結局のところ、ちょうどいいかも」彼の顔を見て、わたしのルームメイトの件を思い出させる。「この週末は、ケアリーにお説教しなければならないし」

ギデオンは上着の内ポケットにするりと携帯電話をしまって、カウンター用スツールの背にかけた。「きみは僕といっしょに来るんだよ、エヴァ」

勢いよく息を吐き出して、クリームをコーヒーに注いだ。「なにをしに？　裸でごろごろしながら、仕事を終えたあなたにファックされるのを待つため？」

彼はわたしの視線をとらえたまま、マグを引き出した。湯気がたっているコーヒーをわざとらしいくらい落ち着き払って少しだけ飲む。「言い争いがはじまるのかな？」

「わからず屋になるつもり？　もう話し合ったはずよ。ゆうべ、あんなことがあったのに、ケアリーを放っておけないわ」うちの居間で数人の男女の体がからみ合っているのを目撃して、グループセックスという言葉に新しい意味を見出すはめになったのだ。

クリームの紙パックを冷蔵庫にもどして、彼が意志の力でぐいぐいわたしを引きつけようとする感覚を味わう。最初からそうだった。その気になると、ギデオンは自分の要求をわたしに感じさせられる。そして、彼がほしがるものはなんでも差し出して、と懇願するわたしのなかの一部を無視することは、至難の業だ。「あなたは仕事を片づけて、わたしは親友の面倒をみて、そのあと、またふたりでおたがいを大切にし合えばいい」

「日曜の夜までもどってこられないんだぞ、エヴァ」

そうなんだ……そんなに長いあいだ離ればなれになると聞いて、お腹がずきんと痛んだ。たいていのカップルはあいている時間はいつもいっしょ、ということはないけれど、わたしたちはたいていのカップルとはちがう。ふたりとも悩みがあって、不安を抱え、たがいに依存し合い、絶えず触れ合っていなければ機能不全におちいる。わたしは、彼と離れているのが大嫌いだ。彼のことを考えないまま二時間以上過ごす、ということはまずありえない。

「きみだってそれは耐えられないだろう」彼は静かに言い、なんでも見通してしまう目つきで、しげしげとわたしを見つめた。「日曜日には、ふたりとも腑抜けになっている」

わたしはコーヒーの表面をフーッと吹いてから、すばやく一口飲んだ。週末を丸々、彼なしで過ごすかと思うと、不安でたまらなくなった。もっといやなのは、そんなに長いあいだ、彼がわたしから離れて過ごすことだ。アリゾナには、わたしほど混乱していなくて、気むずかしくもない女性がいくらでもいて、彼はよりどりみどりでなんでもできるだろう。

それでも、なんとかがんばって言った。「そういうのはあまり健全じゃないって、おたがいにわかっているはずよ、ギデオン」

「だれがそんなことを言うんだ？　僕たちのことは、ほかのだれにもわかりはしない」

　そうね、それは認める。

「わたしたち、仕事に行かなくちゃ」ふたりとも、このどうにもならない問題で一日じゅう、どうかしたみたいに頭を悩ませるのはわかっていた。あとで、なんとか解決はつくだろう。でも、いまは行き詰まって身動きがとれない。

　彼はカウンターに腰で寄りかかって、足首を交差させ、まるで動くそぶりを見せない。

「きみが僕といっしょに来るしかないんだ」

「ギデオン」つま先でコツコツと床のタイルを打ちはじめる。「あなたのために自分の人生を捨てるわけにはいかないの。わたしが、ひけらかし用の女《アーム・キャンディ》になったら、あなたはあっというまに飽きるはず。わたしだって、自分にうんざりしちゃう。二、三日つづけて、それぞれがそれぞれのいない人生を送ったって、死ぬわけじゃないわ。たとえいやでたまらないとしても」

　彼がわたしの視線をとらえた。「きみみたいなトラブルメーカーがアーム・キャンディになれるわけがない」

「トラブルメーカーはそっちでしょ」

　ギデオンは体を起こした。官能性を漂わせてけだるそうだったのが一転して、けわしい目つきでわたしをにらみつけた。この気分の変わりようったら——わたしと同じだ。

「最近、きみはいろいろなマスコミに取り上げられている。きみがこの週末、ニューヨークにいることはだれにだってすぐにわかる。きみをひとりここに残して、出張するわけにはいかないんだ。どうしてもと言うなら、ケアリーといっしょにおいで。僕が仕事を終えてファックしに行くまで、彼と角を突き合わせていればいい」

「へえ」彼が冗談を言って緊張をほぐそうとしているのがわかり、同時に、彼がわたしと離れたくないほんとうの理由に気づいた——ネイサンだ。かつての義理の兄との過去は、わたしの悪夢そのもので、ギデオンは彼がいまになってまたわたしの前に現れるのではと恐れているらしい。ぞっとするのは、そんなことはありえない、ときっぱり打ち消せないところだ。何年ものあいだ、わたしを守っていた匿名でいるという盾は、カップルとして広く知られるようになって、砕け散ってしまった。

ああ……ふたりとも、そんな厄介ごとにかかわる暇はない。でも、ギデオンがそんなことにはさせないと、わたしにはわかっている。彼は、自分のものには指一本触れさせず、敵を容赦なく的確に撃退して、けっしてわたしには危害がおよばないようにする男だ。わたしは彼の安全地帯という、彼にとってはめったに得られない貴重な存在だから。

ギデオンが腕時計に目をやった。「出かける時間だ、エンジェル」

上着をつかんで、先に行くようにとわたしをうながす。わたしは先に歩きだし、彼の豪華な居間でハンドバッグと、ウォーキングシューズやほかに必要なものを入れた鞄《かばん》を手に取った。やがて、わたしたちは専用エレベーターで一階まで降りて、黒いベントレーのSUV（スポーツ用多目的車）に乗り込んだ。

「ハイ、アンガス」挨拶《あいさつ》をすると、彼の運転手が古風なお抱え運転手用の帽子のつばにちょっと触れた。

「おはようございます、ミス・トラメル」ほほえみながら応じるアンガスは、赤毛にずいぶん白いものが交じっている初老の紳士だ。わたしが彼を好きな理由はたくさんあるけれど、ギデオンが小学生のころから送り迎えをしていて、心から彼を思いやっている、というのは大きい。

母と義理の父から贈られたロレックスをちらっと見ると、仕事には間に合いそうだ……渋滞にさえ巻き込まれなければ。わたしがそんなことを考えているあいだにも、通りのタクシーと車の海へと、アンガスは巧みに車をすべりこませていく。ギデオンのアパートメントで張りつめた静けさを味わったあとでは、マンハッタンの騒音はコーヒー一杯分のカフェインに劣らず効果的な目覚ましだ。鳴り響くクラクションと、タイヤがマンホールの蓋《ふた》を踏むときのドンという衝撃に、体が活気づく。足早に進む歩行者たちの列が、車の詰まった通りの両側を流れ、空に向かってどこまでも伸びるビルにさえぎられて、太陽が昇ってからもわたしたちは影のなかだ。

ああ、わたしは心からニューヨークを愛している。毎日、時間をかけてこの町を吸収して、自分のなかに取り込もうとしている。

革張りのシートに体を落ち着けて、背もたれに寄りかかる。手を伸ばしてギデオンの手を取って、ぎゅっと握った。「この週末、わたしがケアリーといっしょにこの町を離れていたら、少しは安心？　ラスベガスまで小旅行、というのはどう？」

ギデオンが目を細めた。「僕がケアリーに手を上げると思っているんだろう？　だから、アリゾナへ来たくないのか？」

「なに言ってるの？　ちがうわ。そうじゃない」シートに坐ったまま体をずらして、彼と向き合った。「彼が本気で心を開いてくれるまで、徹夜で話し合わなければならないこともあるの」

「そうじゃないって？」と、彼はわたしの返事を繰り返した。そのあとに口にしたことはすべて無視している。

「彼はわたしと話がしたくても、連絡しちゃいけないと思うかもしれない。わたしがいつもあなたといっしょだから」わかりやすいように言い添えた。車が道路のくぼみを通過し、両手でマグをしっかり支える。「ねえ、ギデオン、ケアリーに嫉妬するのは終わりにしてほしいわ。兄みたいだって言ってるのは、ギデオン、冗談でもなんでもないんだから。彼を好きになれとは言わないけど、ずっとわたしの人生にかかわりつづける人だっていうことは、理解してもらわないと困るわ」

「彼にも、僕について同じように言うのか？」

「その必要はないわ。彼は知っているから。わたしはこうして妥協点を探していて――」

「妥協はしない主義だ」

両方の眉を上げる。「仕事では、たしかにそうでしょう。でも、これは人間関係なのよ、ギデオン。譲り合わないと――」

ギデオンがうなり声をあげ、わたしは口をつぐんだ。「僕の飛行機を使い、僕のホテルに泊まり、出かけるときは警備チームといっしょだ」

突然、しぶしぶでも条件付きで降伏され、わたしは驚きのあまり長々と黙りこんだ。

ついにしびれを切らした彼が、刺すようなブルーの目の上の眉を片方だけつり上げた。

これ以外の選択肢はないぞ、と告げるように。

「ちょっとやりすぎだと思わない？」すかさず言った。「ケアリーを連れていくのに」

「悪いが、ゆうべみたいなことがあったあとで、きみの身の安全を彼に託す気にはなれない」コーヒーを飲む彼のしぐさが、話はもうおしまいだとはっきり告げている。これ以外の選択肢はありえない、と。

こんなふうに頭ごなしに決められても文句を言わなかったのは、彼がそうするのはわたしの身を守りたいからだとわかっているから。わたしの過去にはひどい秘密があり、ギデオンとデートするようになってメディアの注目を浴びてしまったいま、いつネイサン・バーカーがうちにやってきてもおかしくないのだ。

それに、まわりのすべてを支配することこそ、ギデオンのやり方だ。それは彼の一部だから、わたしは歩み寄らなければならない。

「いいわ」と、受け入れた。「あなたのホテルって？」

「二、三ある。きみが選ぶといい」彼は首を曲げて車窓の外を見た。「スコットにメールでリストを送らせる。どのホテルか決まったら、彼に伝えて手配してもらってくれ。行きと帰りの飛行機は僕といっしょだ」

シートの背もたれに片方の肩で寄りかかり、コーヒーを飲んだわたしは、彼が腿に置いた手を握りしめているのに気づいた。黒い窓ガラスに映るギデオンの顔は無表情でも、不機嫌さは伝わってくる。

「ありがとう」小声で言った。

「よしてくれ。僕は不満なんだ、エヴァ」彼の顎の筋肉が引きつった。「きみのルームメイトがへまをやったせいで、きみのいない週末を過ごさなければならないなんて」

彼が不満なのがいやで、彼のコーヒーを引き取ってふたり分のマグを後部座席のホルダーにおさめた。それから、彼の膝にまたがって向き合う。両腕で彼の肩をゆるく抱いた。「折り合いをつけてくれて、感謝してるわ、ギデオン。すごく感動してる」

刺すような青い視線がわたしをとらえた。「きみを見た瞬間、僕は正気を失わされてしまうだろうとわかった」

はじめて出会ったときのことを思い出して、わたしはほほえんだ。「クロスファイア・ビルのロビーの床に、わたしが尻餅をついちゃったとき？」

「その前だ。外で」

眉をひそめて訊いた。「外って、どこ？」

「歩道だ」ギデオンが両手でわたしの腰をつかんだ。だれにも渡さないと言いたげにぐいと締めつけられるたび、彼がほしくてたまらなくなる。「ミーティングに出かけるところだった。一分遅かったら、きみを見逃していただろう。ちょうど車に乗りこんだとき、きみが角を曲がってきた」

そういえば、あの日、ビルの前にベントレーがエンジンをかけたまま停まっていた、と思い出した。着いたときは、建物に見惚れていて、つややかな車には気づかなかったが、建物を離れるときに目に留まった。

「きみを見た瞬間、殴られたような衝撃を感じた」と、ぶっきらぼうに言う。「視線が釘《くぎ》付《づ》けになった。すぐにほしいと思った。とんでもなく。どうかしてしまいそうなほど」

ふたりのはじめての出会いに、わたしが気づいていた以外のことがあったなんて、わかるはずがないでしょう？　わたしたちはたまたま出くわしたのだと思っていた。でも、彼は出かけるところだった……つまり、わざわざビルのなかにもどったということだ。わたしのために。

「きみはベントレーのすぐそばで立ち止まって」彼はさらにつづけた。「首をそらしたビルを見上げるきみを見て、きみがひざまずいて、同じように僕を見上げる姿を思い描いた」

ギデオンの低くうなるような声に、思わず彼の膝の上で身をくねらせた。「どんなふうに？」彼の目に宿る炎にぼうっとなりながら、声をひそめて訊いた。

「体を熱くして。ちょっと畏れて……少しおびえている」わたしのお尻を手のひらで包みこんで、自分のほうへぎゅっと引き寄せる。「いても立ってもいられず、きみを追ってビルのなかに引き返した。すると、思ったとおりの場所にきみがいて、なんと、僕の目の前にひざまずきかけていた。その瞬間、きみを裸にしてなにをするか、五つも六つも妄想が浮かんだ」

わたしも同じようだったと思い出して、ごくりと唾を飲みこんだ。「はじめてあなたを見たとたん、セックスのことを考えたの。叫び声をあげてシーツをわしづかみにするようなセックスよ」

「わかっていたよ」背骨の両脇を彼の手が這い上がっていく。「きみも僕を見通しているとわかった。僕が何者か……内側になにを抱えているか、きみには見えている、と。

僕の正体を見破っていたんだ」

そして、それが見えてしまった衝撃で、わたしは尻餅をついた——文字どおりに。彼の目をのぞきこんで気づいたのは、自分をきつく抑えこんだ、ひどく暗い心の持ち主だということ。見えたのは、パワーと、飢え、抑制、要求。心のどこかで、わたしは彼に支配されるとわかっていた。彼もわたしにたいして同じように気持ちを揺さぶられたと知って、ほっとした。

ギデオンは両手でわたしの肩甲骨《けんこうこつ》をつかんで、引き寄せ、額と額をくっつけた。「そんなふうに僕を見通した人はいないよ、エヴァ。きみだけだ」

喉が詰まって痛くなった。あらゆる面で厳しいギデオンだけれど、わたしにはとてもやさしいことがある。ほとんど大人げないくらいやさしくて、その純粋で制御不能なところが大好きだ。わたし以外のだれひとりとして、彼の目もくらむほど美しい顔と、桁はずれの預金額より深い部分を見ようとする人がいないなら、だれにも彼を知る資格はない。「知らなかったわ。あなたはとても……冷めていたから。わたしがあなたに影響をおよぼしているなんて、ぜんぜん思わなかった」

「冷めていたって？」彼は鼻で笑った。「きみを思って燃え上がっていたのに。それ以来、めちゃくちゃに混乱したままだ」

「へえ。ありがとう」

「きみのせいで、きみがいないとだめになった」かすれた声で言う。「だから、きみのいない二日を過ごすなんて、考えるのも耐えられない」

　両手で彼の顎を支えて、やさしくキスをする。なだめるように、わびるように、唇を動かす。「わたしもあなたを愛してる」美しい口に口をつけたままささやいた。「わたしだって、あなたと離れるのは耐えられないわ」

　彼が返してくるキスはむさぼるように貪欲でも、わたしを抱き寄せる腕はやさしく、敬意が伝わってくる。わたしがかけがえのないものであるかのように。彼が体を引くと、ふたりとも肩で息をしていた。

「わたしはあなたのタイプでもないのに」からかって言ったのは、仕事へ向かう前に雰囲気を明るくしたかったから。ギデオンの黒髪好きは広く知られていて、証拠の写真もたくさんある。

　ベントレーが縁石に寄って停まった。わたしたちをふたりきりにしようと、アンガスが車を降りていく。エンジンもエアコンもかけたままだ。窓の外を見ると、すぐそばにクロスファイア・ビルがそびえている。

「タイプと言えば――」ギデオンが頭をそらしてシートの背もたれに押しつけた。深々と息を吸って言う。「コリーヌはきみに会って驚いていたよ。予想とちがっていた、と」

　ギデオンに元婚約者の名を口にされ、わたしは歯を食いしばった。ふたりはもう友だちで、彼女が彼に近づくのは愛ではなく寂しさからだとわかっていても、嫉妬の爪はぐいぐいとわたしに食い込みつづける。焼き餅焼きは、どうしようもなくたちの悪い、わたしの欠点だ。「わたしがブロンドだから？」

「きみが……自分に似ていなかったから、と」

思わず息を呑んだ。コリーヌが彼の恋人の基準になっているとは思ったこともなかった。マグダレン・ペレス——コリーヌ——ギデオンの友人のひとりで、それ以上になりたがっている——も、黒髪を伸ばしたのはコリーヌと張り合うためだと言っていた。でも、わたしはそんな思いのごく表面しか理解していなかったらしい。なんてこと……それが事実なら、コリーヌのギデオンにたいする影響力はとてつもなく、とてもわたしには耐えきれない。心臓がドキドキして、胃がよじれる。理屈を超えて、彼女が嫌いでたまらない。どんなにわずかだとしても、彼の一部が彼女のものだったのがいやだ。彼の感触を……欲望を……うっとりするような体を知っている女性はみんな大嫌い。

わたしは彼の膝から下りようとした。

「エヴァ」彼がわたしの腿をつかんでいた手に力をこめて、とどめた。「彼女の言っているとおりなのかどうか、僕にはわからない」

彼がわたしをつかんでいる手と、彼の右手の指にはまっているわたしが贈ったプロミスリング——わたしのものだというしるし——を見下ろしたら、少し気持ちが楽になった。目を合わすと、彼が戸惑ったような顔をしていて、さらに気が静まる。「そうなの?」

「彼女の言うとおりだとしても、意識してやったことじゃない。僕はほかの女性に彼女の面影を求めてはいなかった。きみに出会ってはじめて、なにを求めていたのかわかったんだ」

心底ほっとして、彼の上着の襟に添えた手を下へとすべらせた。彼は意識して彼女に似た女性を探してはいなかったのだろう。探していたとしても、わたしはコリーヌとは見た目も気性もまったくちがう。彼にとって唯一の存在のわたしは、これまで彼が付き合ってきた女性たちとはあらゆる面でちがっている。その事実だけで嫉妬心が消えたらいいのに。

「タイプだとか、ましてやパターンなんかじゃないんだわ」指先で彼の眉間の皺《しわ》を伸ばす。「今夜、ふたりでドクター・ピーターセンのところへ行ったとき、訊いてみればいいわ。もう何年もセラピーを受けつづけているわたしから、もっとなにか言えればいいんだけど、言えない。わたしたちのあいだには説明のつかないことがあるわよね? わたしはいまだに、あなたがわたしのなにを見て惹《ひ》かれたのかわからないし」

「きみが僕の内面を見てくれるからだよ、エンジェル」そう静かに言う彼の顔つきがやさしくなる。「きみは僕が抱えているものを理解できて、それでもなお、僕がきみを求めるように僕を求めてくれる。僕は毎晩、目が覚めたときにはきみがいなくなっているのでは、と恐れながら眠りにつくんだ。あるいは、僕が夢をみて……きみがおびえて逃げてしまうんじゃないかと――」

「やめて。ギデオン」ああ。毎日のように、彼を思ってわたしの胸はつぶれる。めちゃくちゃになる。

「きみをどんなに思っているか、僕はきみが伝えてくれるようには伝えられないが、僕はきみのものだ。わかっているね」

「ええ、愛してくれているのはわかってるわ、ギデオン」正気の沙汰ではないくらいにあきれるほど。取りつかれているみたいに。わたしの彼への思いとまるで同じだ。

「僕はきみにがんじがらめだ、エヴァ」ギデオンは頭をうしろにかたむけてわたしを引き寄せ、やさしくキスを繰り返した。彼の張りのある唇がわたしの唇の上を動きつづける。「きみのためなら殺しだってやる」声をひそめて言う。「きみのためなら、持っているものすべてを投げ捨てる……でも、きみだけはけっして手放しはしない。二日が限度だ。それ以上は求めないでくれ。受け入れられない」

彼の言葉を軽々しく受けとめることはできない。彼は富を得て、怖いものなしになり、人生のある時期に奪われた影響力と支配力を得た。わたしと同じように、彼にも残忍で暴力的な仕打ちを受けて苦しんだ過去がある。心の平静さを失ってもなお、わたしと寄り添うことに価値があるという彼の思いは、〝愛している〟という言葉以上に意味がある。

「二日だけよ、エース、それに、失った時間の埋め合わせもしてあげるし」

食い入るような彼の視線がゆるんで、セックスを求めて熱を帯びた。「ほんとうに？　セックスで僕を癒してくれるつもりかい、エンジェル？」

「そうよ」恥じらいもなく認める。「たっぷりね。ともかく、作戦は大成功みたいね」

口元はほころんでも、彼の視線の鋭さにわたしの呼吸は速まる。そんなふうに暗い目で見つめられると、ギデオンはうまく操縦されたり手なずけられたりしない男だと――いまさらながら――思い出される。

「ああ、エヴァ」彼は喉を鳴らすように言い、巧みにネズミを自分のテリトリーに追い込んだつややかなヒョウのように、捕食者の超然とした雰囲気をにじませながら、ゆったりとシートに身をゆだねた。

わたしの体に甘い震えが広がる。ギデオンが相手ならどこからでもむさぼってちょうだい、という思いだ。

2

わたしが働いている広告代理店〈ウォーターズ・フィールド&リーマン〉がある二十階でエレベーターを降りる直前、ギデオンに耳元でささやかれた。「一日じゅう、僕を思っていて」

混み合ったエレベーターのなかで、こっそり彼の手を握る。「いつも思ってるわ」

彼はそのまま、クロス社の本社がある最上階まで上っていく。クロスファイア・ビルは彼のもので、この町じゅうに彼は多くの不動産を所有している。わたしが住んでいるアパートメントの建物もそうだ。

そのことは気にしないようにしている。わたしのママは男性が成功の象徴として見せびらかす箔つけ《トロフィー》ワイフ専業だ。けれど、裕福な暮らしを求めてわたしのパパの愛を拒むような生き方を、わたしはまったく理解できない。なにがあっても、富より愛を選ぶ。でも、そんなふうに簡単に言えるのは、わたし自身がお金――投資総額は相当な金額にのぼる――を持っているからだと思う。お金にはいっさい手をつけていない。これからもそれは変わらないだろう。わたしが自分の投資資金のために払った犠牲は計り知れず、それを埋め合わせられるものがあるとは、とても思えない。

受付係のメグミがガラスのセキュリティドアのロックを解除して、入っていったわたしを笑顔で迎えてくれた。メグミはわたしと同年代で、アジア系のはっとするほどきれいな顔を囲んでいるつややかな黒髪は、スタイリッシュなボブカットだ。

「ねえ」声をかけて、受付の近くで立ち止まる。「ランチだけど、だれかと約束してる？」

「あなたとするわ」

「すてき」心からにっこりする。ケアリーのことは大好きだし、彼といっしょに過ごすのは楽しいけれど、女友だちも必要だ。わたしたちが暮らそうと決めた町で、ケアリーはもう知り合いや友だちのネットワークを築きはじめている。わたしはというと、ほぼ引っ越してきた直後にギデオンという渦に吸い込まれてしまった。いつだって彼といっしょにいたくてたまらない一方で、それは健全ではないとわかっている。女友だちなら、会いたいときに誘って健全な付き合い方ができるし、そんな関係がほしければ、自分から作っていくしかない。

受付を離れて長い廊下を進み、わたしの仕事場のブースへ向かう。デスクに着くと、鞄とハンドバッグをいちばん下の抽斗《ひきだし》にしまい、マナーモードに切り替えようと、スマートフォンは出したままにした。ふと見ると、ケアリーからメールが入っている。〝ごめんね、ベイビー・ガール〟

「ケアリー・テイラー」ため息をつく。「愛してるわよ……頭にきてるときだって」

彼のせいで頭にきてるなんてもんじゃない。家に帰ってきたら、居間の床で何人もの男女がからみ合っている真っ最中、という経験をしたがる女性なんてどこにもいない。それが新しい恋人と喧嘩《けんか》中の出来事ならなおのことだ。


メールを返した。〝可能なら、わたしのために週末は空けておいて〟

返信はすぐには来ず、わたしの要求の意味を考えているのだろうと思った。ようやく〝うひゃー〟と返信。〝こわい予定を立ててたんだろうね〟

「たぶん、ちょっとはね」そうつぶやいて、居間に入ったとたんに目の当たりにした……乱交シーンを思い出して身を震わせた。それでも、心の大部分を占めたのは、ケアリーとわたしはふたりで静かに休息するべきだという思いだった。わたしたちはマンハッタンで暮らすようになって間がない。新しい町で、新しいアパートメントに住み、新しい仕事と経験をして、たがいに新しいボーイフレンドとの付き合いもはじまった。いろいろ勝手がちがって悪戦苦闘しているところだし、わたしたちはともに過去からのたとえようのない重荷を背負っているせいで、もがきながらもなんとかうまくやっていくというのが苦手だ。たいていはたがいに支え合ってバランスを保ってきたけれど、最近はその時間がない。なんとかその時間を作らなければ。〝ベガスへ小旅行はどう？　あなたとわたしだけで？〟

〝最高！〟

〝わかった……くわしいことはあとで〟スマートフォンをマナーモードに切り替えてしまおうとしたら、パソコンのモニターの隣にあるフォトスタンドふたつ――ひとつにはわたしの両親とケアリーの写真が、もうひとつにはわたしとギデオンの写真が何枚かセットしてある――がちらりと目に入った。ふたつ目のスタンドには、ギデオンが自分で写真を選んで入れた。彼がデスクにあるフォトスタンドを見てわたしを思い出すように、わたしにも彼を思い出すものをそばに置いてほしいから、と。それがなくては彼を思い出せないみたいに……。

愛する人たちの写真をそばに置くのは大好きだ。金色の帽子をかぶっているみたいなブロンドの巻き毛のママは魅惑の笑みを浮かべ、曲線美をかろうじて覆う小さなビキニ姿だ。フランスのリヴィエラで、わたしの義父のヨットに乗って楽しんでいる。義理の父親のリチャード・スタントンは見るからに成功者らしく立派で、その白髪頭が年の離れた若い妻の姿を妙に引き立てている。そして、ケアリー。どの写真の彼もまばゆいほど美しく、つややかなブラウンの髪に、輝くグリーンの目。こぼれるような笑顔がいたずらっぽい。彼の百万ドルの顔は、さまざまな雑誌で見かけられるようになり、もうすぐ、〈グレイ・アイルズ〉の服の広告で看板やバス停を飾るはずだ。

長い廊下の向かいに目をやると、マーク・ギャリティのひどくこぢんまりしたオフィスを囲んでいるガラスの壁と、その向こうに彼のアーロンチェアの背に上着がかけてあるのが見えた。マーク本人の姿は見あたらない。休憩室へ行くと、案の定、マークがいて、コーヒーマグをのぞきこんで眉をひそめている。彼もわたし同様、コーヒー中毒だ。

「使い方はご存じのはずですけど」一杯用のコーヒーメーカーがうまく操作できなかったのかと思って言った。

「知ってるよ、きみのおかげでね」マークは顔を上げて、左右非対称の魅力的な笑みを浮かべた。彼の黒い肌はつややかで、きちんと手入れしたヤギ髭《ひげ》をたくわえ、茶色い目はやさしげだ。見た目の気持ちのよさに加えて、彼はすばらしいボスだ——広告ビジネスについてなんでも進んでおしえてくれるし、なにかのやり方を見せるのは一度で充分だと、すぐにわたしを信用してくれた。わたしたちの仕事上の関係はほんとうにうまくいっていて、これからもずっとそうであってほしい。

「これを飲んでみてくれ」マークは言い、カウンターで湯気をたてている二杯目のコーヒーに手を伸ばした。わたしは差し出されたマグをありがたく受け取った。クリームと甘味料を入れてくれた心遣いにも感謝した。わたしの好きな飲み方だ。

熱いので、そろそろとちょっとだけ飲み、思いもよらない——しかも、うれしくない——味がして咳《せ》きこんだ。「いったいなんですか?」

「ブルーベリー味のコーヒーだよ」

ぶっきらぼうに、しかめっ面で言った。「こんなの、だれが飲みたがるんですか?」

「いや、あの……そのだれかを予想して、その人たちにこれを売るのがわれわれの仕事なんだ」そう言って、乾杯するようにマグを掲げた。「うちのいちばん新しい仕事だよ!」

一瞬たじろいだものの、わたしは背筋をぴんと伸ばして、もう一口飲んだ。


二時間たってもまだ、人工的なブルーベリー風味の甘ったるさは、まちがいなく舌を覆っていた。休憩時間になったので、わたしはインターネットでドクター・テレンス・ルーカスの名を検索しようとした。ゆうべ、夕食会で同席したとき、彼があきらかにギデオンの神経を逆なでするところを目撃したのだ。検索ボックスにドクターの名を打ち込んだちょうどそのとき、デスクの電話が鳴った。

「マーク・ギャリティのオフィス」と、応じた。「エヴァ・トラメルです」

「ベガスのことって、本気?」

「もちろん」

一瞬の間。「億万長者の恋人といっしょに暮らすつもりで、僕を追い出そうとしてるとか?」

「なあに? ちがうわ。どうかしてるんじゃない?」ケアリーがどんなに不安なのかわかって、ぎゅっと目を閉じた。でも、これだけ長く友だちでいながら、そんな疑いを持たれるなんてありえない。「あなたは死ぬまでわたしといっしょだって、わかってるはず」

「じゃ、急にベガスに行かなきゃ、って思いついたの？」

「まさにそう。プールサイドでモヒートをちびちび飲んで、二日ばかりルームサービス三昧しよう、って」

「どれだけお金を出せるかわからないけど」

「だいじょうぶ、ギデオン持ちだから。彼の飛行機に、彼のホテル。わたしたちは食事と飲み物代だけでいいの」嘘《うそ》だ。航空運賃以外はすべて払うつもりだから。でも、ケアリーが知る必要はない。

「で、彼はいっしょに来ないの？」

わたしは椅子の背に寄りかかって、ギデオンの写真の一枚を見つめた。離れてからまだ二時間くらいしかたっていないのに、もう彼が恋しい。「飛行機の行き帰りはいっしょだけど、彼はアリゾナで仕事があるから、ベガスではあなたとわたしだけで過ごすの。そうしなくちゃと思ってる」

「そうだね」ケアリーが荒々しく息をつくのが聞こえた。「どこかべつの場所へ行って、最高の女友だちと充実した時間を過ごすことが、僕には必要だと思う」

「じゃあ、決まりね。彼はあしたの晩の八時には飛び立ちたいって」

「すぐに荷造りにかかるよ。きみの荷物も僕のバッグに詰めておこうか？」

「そうしてくれる？　すっごくうれしい！」ケアリーならスタイリストかパーソナル・ショッパーにもなれただろう。着るものに関してとてつもない才能に恵まれているから。

「エヴァ？」

「なに？」

ため息が聞こえた。「僕のクソの始末に付き合ってくれてありがとう」

「やめて」

受話器を置いてからもずいぶん長いあいだ、電話機を見つめていた。人生のすべてがうまくいくたび、ケアリーが不幸のどん底に落ちていくのがいやでたまらない。彼は自己破壊の達人で、自分には幸せになる資格があると、どうしても信じ切れないのだ。

仕事に気持ちを切り替えて、モニターのグーグルの検索画面を見て、そうだ、ドクター・テレンス・ルーカスだ、と思い出した。彼に関する記事がいくつかウェブ上にあり、添えられた画像を見ると彼にまちがいない。

〝小児科医。四十五歳。結婚して二十年〟。不安な気持ちで〝ドクター・テレンス・ルーカスの妻〟を検索する。金色の肌の、長い黒髪の女性を見ることになるだろうと、内心、びくびくしている。そして、ほっとして息を吐き出した。画面に現れたミセス・ルーカスは色白で、ショートカットの明るい赤毛の女性だった。

そうなると、ますますわからなくなる。てっきり、女性が原因で男性ふたりの関係が険悪になったと思っていたから。

ギデオンとわたしは、じつはたがいを知り尽くしているわけではない。ともに忌まわしい問題を背負っているのは知っている——少なくとも、彼はわたしの問題を知っている。わたしはというと、もっぱらあてにならない手がかりから彼の問題を推測するしかなかった。たがいのアパートメントに数えきれないほど泊まっているから、それぞれが家でどんなふうに過ごしているか、基本的なことは知っている。彼はわたしの家族の半分に会い、わたしは彼の家族全員に会った。それでも、わたしたちはたがいの周辺の事情まですっかり把握するほど長い付き合いではない。それに、はっきり言って、わたしたちはそれほど積極的に相手を知ろうとしないし、あれこれ尋ねもしない。すでに手こずっている関係に、これ以上、問題を重ねるのが恐ろしいのかも。

ふたりがくっついているのは、たがいに中毒になっているからだ。わたしは、ふたりで気持ちよくいっしょにいるときのような高揚感をほかで味わったことがない。それは彼も同じだと知っている。わたしたちがつらい経験を乗り切るのは、ふたりで味わう完璧なひとときのためだ。でも、その感覚はあまりにとらえどころがなくてはかなく、わたしたちは意地と決意と愛だけで、ふたりきりの時間をさらに求めつづける。

〝自分の正気を失わせるようなことをするのは、もうやめるべき〟

メールをチェックしたら、検索ワードにギデオンの名前を登録したグーグル・アラートから毎日送られてくるメールが届いていた。ダイジェスト版のリンク先はほとんど、ゆうべ、〈ウォルドーフ＝アストリア〉ホテルの寄付金集めの夕食会での、ノーネクタイでタキシード姿のギデオンとわたしの写真だ。

「驚いた」シャンパンカラーの〈ヴェラ・ウォン〉のカクテルドレス姿の自分を見ると、ママを思い出さずにはいられない。わたしがママとうりふたつなだけじゃなく――わたしの髪が長くてストレートなのはべつとして――腕を組んでいるのが超有力者だ、というのも同じだ。

モニカ・トラメル・バーカー・ミッチェル・スタントンは、箔つけ《トロフィー》ワイフになりきるのが、とびきりうまい。自分がなにを期待されているかきっちり把握して、確実に差し出す。二度、離婚していても、どちらも彼女からの要望で、元夫たちはともに、彼女を失って打ちひしがれた。ママはあたえられたら同じだけあたえ、相手を気に掛けないことなどない人だから、軽んじる気持ちはまったくない。でも、わたしはひたすら自立を求めながら大きくなった。ノーと言える権利は、わたしにとってなにより大切だ。

メールのウインドウを最小にして、私生活を頭の隅に追いやり、フルーツ風味のコーヒーの市場比較をしているサイトを探した。マークとストラテジスト（広告効果を最大にするための戦略の立案者）との最初のミーティングを設定してから、マークを手伝い、グルテンフリー（アレルギーを引き起こすタンパク質を含む小麦、大麦の代わりに米粉やデンプンなどを使う）のレストランのキャンペーンについて、自由に話し合ってブレインストーミングした。正午が近づいて、お腹がぺこぺこだと感じはじめたころ、電話が鳴った。受話器を取って、いつものように応じる。

「エヴァ？」アクセントのきつい女性の声だ。「マグダレンよ。ちょっといいかしら？」なにごと？　と警戒しながら椅子の背に体をあずける。マグダレンとわたしは、ギデオンの人生にコリーヌが思いがけず求められもしない再登場をしたとき、一瞬、気持ちを通じ合わせた。だからといって、はじめて出会ったときのマグダレンがどんなに意地悪だったか、忘れられるわけじゃない。「ちょっとなら。どうしたの？」

マグダレンはため息をつき、それから、早口で一気にまくしたてた。「ゆうべ、わたしはコリーヌのうしろのテーブルに坐っていたの。だから、食事中、彼女とギデオンの話し声がところどころ聞こえたんだけど」

わたしの胃袋がきゅっとなって、精神的打撃に備えた。マグダレンはギデオンにたいするわたしの不安につけこむのが、それはうまいのだ。「仕事中にくだらない話で混乱させるなんて最低」突き放すように言った。「やめてほしい――」

「彼はあなたを無視していたんじゃないわ」

ぽかんと口を開けたら、その一瞬の沈黙を逃さず、マグダレンはすかさず言った。

「コリーヌをうまくなだめようとしていたのよ、エヴァ。彼女は、まだ引っ越してきたばかりのあなたをニューヨークのどこへ案内するべきか、いろいろ勧めながら、いわゆる〝わたしたちがいっしょに行ったときのことをおぼえてる？〟ゲームを仕掛けていたの」

「なつかしい思い出話に花を咲かせていたわけね」とつぶやく。元カノと話しているギデオンの低い声が聞こえなくてよかった、といまになって思う。

「そうよ」マグダレンは大きく息をついた。「彼がコリーヌばかりかまって自分は無視されたと思って、あなたは席を立ったのよね。だから、彼はあなたのことを思って、コリーヌがあなたを動揺させないようにしていたみたいだって、知ってほしくて」

「どうしてあなたが心配するの？」

「だれが心配してるって言った？　あなたにはひとつ借りがあるからよ、エヴァ、はじめて会ったときのことで」

思い起こしてみた。そう、たしかに、化粧室で待ち伏せされ、悪意と嫉妬まみれのほら話を聞かされた貸しがある。でも、彼女が電話をかけてきたのは、それだけが理由とは思えなかった。たぶん、わたしはふたつの悪のうちのましなほうにすぎないのだ。競争相手を味方につけたいのかもしれない。「わかったわ。ありがとう」

気分がよくなったのは否定できなかった。気づかないうちに背負い込んでいた重荷から突然、解放されたのだ。

「あとひとつ」マグダレンはさらに言った。「彼、あなたを追ったわ」

受話器を強く握りしめた。ギデオンはいつもわたしを追う――いつもわたしが逃げるから。わたしの回復状態はとても危うくて、いまの状態を保ちたいという思いはとても強い。だから、安定を揺るがそうとするものがあれば、逃げる。

「これまでも、そんなふうにして彼に最後通牒《つうちょう》を突きつけた女性はいたのよ、エヴァ。退屈したり、かまってほしかったり、はっきりした意思表示を求めたりして……。彼が追ってくると信じて、その場から立ち去った。彼はどうしたと思う？」

「なにもしなかった」ささやくように言った。わたしの男のことはわかっている。一度寝た女とはけっしてふたりで出かけず、社交の場に連れていく女とはけっして寝ない男。その決めごとの例外はコリーヌとわたしだけで、それが元カノに激しく嫉妬してしまうもうひとつの理由だ。

「彼は、アンガスに家まで無事に送り届けるように指示するだけよ」マグダレンがそう言うので、彼女も同じようにされたことがあるのだろうと思った。「でも、あなたが席を立ったとき、彼はすぐには追っていけなかったの。さよならを言ったときの彼、うろたえていたわ。どうか……しちゃったみたいだった」

恐ろしかったのだ。わたしは目を閉じ、心のなかで自分を蹴飛ばした。思いきり。わたしに逃げられるのが恐ろしい、とギデオンからは一度ならず言われた。わたしがもどってこないかもしれない、と思うとどうかなってしまいそうになる、と。あなたなしで生きていくのは考えられない、と言いながら、行動でべつの思いを伝えてばかりいるわたしは、おかしくはない？　過去について、彼がなにも語ってくれないのも不思議はないんじゃない？

逃げるのはやめなければ。この件については、ギデオンもわたしも立ち上がって、闘わなければならないと思う。わたしたちのために。ふたりの関係をうまく築こうと、少しでも希望を持つのなら。

「これで、わたしはあなたに借りができたの？」さらりと尋ね、手を振りながらランチに出ていくマークに手を振り返した。

マグダレンはふっと短く息を吐いた。「ギデオンとわたしは長い付き合いよ。おたがいの母親同士が親友なの。あなたとはこれからもいろいろなところで顔を合わせるでしょうし、エヴァ、もう気まずい思いをしないようになりたいのよ」

この女性は、わたしに近づいてきて、ギデオンが〝ディックを突っこんだ〟とたん、わたしとは〝おしまい〟だと言った。しかも、わたしがいつにも増して弱っているときに、そう言い放ったのだ。

「ねえ、マグダレン、あなたが騒ぎを起こさなければ、わたしたちはなんとか付き合っていけるわ」そして、彼女が驚くほど率直なので言い添えた。「わたしは、ひとりでもギデオンとの関係をめちゃくちゃにできる、ほんとよ。だから手助けは必要ないの」

マグダレンはくすくすと笑った。「わたしが失敗したのはそこだと思う――慎重すぎたし、言いなりになってばかりだった。彼はあなたに手を焼くでしょうね。とにかく……もう時間切れね。解放してあげるわ」

「楽しい週末を」ありがとう、の代わりに言った。彼女が電話をしてきた理由は、ほかにあるような気がしてならない。

「あなたもね」

受話器をもどしながら、視線はわたしとギデオンの写真をとらえていた。突然に、彼がほしい、自分のものにしたい、という思いがこみ上げて押しつぶされそうになる。彼はいまわたしのものでも、つぎの日も、またそのつぎの日もそうでありつづける確信はない。そして、彼がほかの女性のものになると思うだけで、わたしはまともにものが考えられなくなる。

いちばん下の抽斗を開けて、ハンドバッグからスマートフォンを引っ張り出す。わたしに劣らないくらい激しく彼に思われたいという欲求に突き動かされるまま、メールを打った。彼を丸ごとむさぼりたいという、どうしようもない突然の渇望を伝える。〝いますぐあなたのコックをしゃぶれるなら、なにを失ってもかまわない〟

彼を口に含んだときのようすを……彼がいく寸前の野獣のような声を思うだけで……。

立ち上がり、送信されたのを確認した直後にメールを削除して、携帯をハンドバッグのなかにすとんと落とした。正午になったので、コンピュータのウインドウをすべて閉じて、メグミを探しに受付へ向かう。

「なにかどうしても食べたいものがある？」メグミは尋ね、ラベンダー色のノースリーブのベルト付きワンピースを見せびらかすように立ち上がった。

あんなメールを打った直後のメグミの質問に、思わず咳払いをする。「ないわ。あなたの好きなものにして。好き嫌いはないから」

ガラスのドアを押し開け、エレベーターの前へ向かう。

「わたし、週末が待ちどおしくてしょうがないの」メグミがうなるように言い、ネイルチップをつけた指先で下りのボタンを押した。「あと一日と半分」

「楽しい予定があるの？」

「その場にならないとわからないわ」ため息をつき、一方の耳に髪をかけた。「お見合いデートなの」沈んだ声で説明する。

「そう。信用できる人のセッティング？」

「ルームメイトよ。相手の男性は、少なくとも肉体的には魅力的だと思うわ。だって、わたしは、夜、彼女がどこで寝てるか知ってるのよ。そんなわたしに仕返しされたら、ひどいことになるでしょ」

にやにやしているうちに、エレベーターが到着し、ふたりで乗り込んだ。「だったら、楽しいデートになる可能性は高いじゃない」

「そうでもないわ。彼女はそもそも、お見合いデートがきっかけで彼と知り合ったんだもの。すごくすてきな人だけど、わたしよりあなたの好みだ、って彼女が言い張るのよ」

「うーん」

「そういうことよ、わかるでしょ？」メグミは首を振り、エレベーターの扉の上の、装飾的でアンティーク調の針が通り過ぎる階を示すのを見上げた。

「どうなったか報告しなくちゃだめよ」

「するわ。幸運を祈っていて」

「もちろん」ロビーに足を踏み出したとたん、抱えていたハンドバッグが振動するのを感じた。回転バーを通り過ぎながらバッグのなかの携帯を探り、ギデオンの名前が見えると胃がきゅっと縮まった。返ってきたのは過激な内容のメールではなく、電話だった。

「ごめんなさい」とメグミに告げてから、電話に出た。

メグミはなんでもなさそうにひらひらと手を振った。「どうぞ、気にしないで」

「あら」と、おどけた調子で電話に応じる。

「エヴァ」

彼がうめくように呼ぶのを聞いて、一瞬、足が前に出なくなった。その声のざらつきにさまざまな気配が満ちている。

歩みをゆるめながら、なにか言おうとしたが声が出ない。求めていたままの鋭い口調で名を呼ばれただけなのに――噛みつくように鋭い声色が、わたしのなかに進入できるなら世界中でほしいものはなにもないと告げている。

まわりを人が行き交い、ビルに出たり入ったりしているのに、わたしは電話の向こうの沈黙の重さに耐えきれず、立ち止まった。無言で要求され、とても抵抗できない。まったく音は聞こえない――呼吸音さえ聞こえない――けれど、彼がどうしようもなく求めているのは感じる。メグミが辛抱強く待っていなければ、エレベーターに乗って最上階まで行き、わたしの申し出を実行しろという無言の命令に従っただろう。

彼のオフィスで彼をほおばっていかせたときの記憶に体がほてり、口のなかに唾がわく。ごくりと飲みこんだ。「ギデオン……」

「僕にかまってほしかったんだろう――さあ、望みはかなったぞ。きみがメールのとおりに言うのが聞きたい」

顔がみるみる赤くなるのがわかった。「できないわ。ここでは無理。あとで電話をするから」

「柱に近づいて、身を隠して」

ぎょっとして、あたりを見まわして彼を探した。そして、発信者通知の表示から、彼はオフィスにいるのだと思い出した。視線を上げて、防犯カメラを探す。すぐに、彼がわたしを見つめながら、熱く求めているのを感じた。彼の欲望に刺激されて、いきなり全身が甘くうずきだす。

「急いで、エンジェル。友だちが待っているよ」

自分でも聞こえるくらいはあはあと息を切らして、柱に寄った。

「さあ、言ってくれ。きみのメールで硬くなったんだぞ、エヴァ。どうしてくれるつもりだ？」

片手で喉元を押さえて、どうしようもなくてメグミに視線を移したら、こちらを見ていた彼女が両眉を上げた。わたしは指を一本立てて、あと一分待ってと頼み、くるっと背中を向けてささやいた。「あなたをほおばりたいの」

「なぜ？　もてあそぶため？　いまやってるように僕をからかうため？」熱っぽさのまるでない、落ち着いたけわしい声だ。

ギデオンがセックスに関して真剣になったら、細心の注意を払うべきだとわかっている。

「ちがうわ」顔を上げて、いちばん近い防犯カメラを隠している天井の色付きドームを見つめる。「あなたをいかせるため。あなたをいかせるのが好きよ、ギデオン」

荒々しく息を吐く音がした。「つまり、贈り物だね」

性的行為を贈り物ととらえることがギデオンにとってどんな意味があるのか、わたしだけが知っている。彼にとって、かつてセックスは苦痛と屈辱か、欲望からの必然的行為だった。いま、わたしとするセックスは喜びと愛の行為だ。「いつでもそうよ」

「よかった。僕はきみがなにより大切なんだ、エヴァ、それとふたりで分かち合うものもね。いつでもたがいにファックしたくなるとめどない衝動さえ、僕にはかけがえのないものだ。とても大切だからね」

わたしは力なく柱に寄りかかり、また以前の破滅的習慣――性的魅力を利用して不安感をやわらげること――におちいっているのを認めた。ギデオンがわたしへの肉欲に燃えているかぎり、ほかのだれにも欲情しない、というやつだ。わたしがなにを考えているか、どうしていつもギデオンにはわかるのだろう？

「そうね」息を吸い込み、目を閉じる。「大切よね」

かつて、愛情を感じたくてセックスにのめり込み、その場かぎりの欲望を本物の好意ととりちがえていた時期があった。いま、男性とベッドをともにするなら、好意を感じ合うような土台を作ったうえで、とこだわるのはそういうわけだ。自分は汚らしくてなんの価値もない、と思いながらごろりと寝返りを打ち、恋人のベッドから出るようなことは二度としたくない。

そして、彼を失うのが理屈抜きで恐ろしいというだけの理由で、ふたりが分かち合っているものを安っぽいものにおとしめるのは、ぜったいにいやだ。

そのとき、ふと、体のバランスが崩れていると感じた。お腹に不快感がある。なにか恐ろしいことが起こりそうないやな感じだ。

「ほしいものは、仕事が終わったらきみのものになるよ、エンジェル」さっきより深くて、きしみが増した声。「ひとまずは、同僚とランチを楽しんでおいで。ずっときみを思っているよ。きみの口のこともね」

「愛しているわ、ギデオン」
二、三度深く息をしたあとで電話を切り、気持ちをしゃんとさせてからメグミのところへもどった。「お待たせしてごめんなさい」
「なにもかも良好？」

「ええ。すべて順調よ」

「あなたとギデオン・クロスはまだ熱烈な関係？」かすかに笑みを浮かべてわたしを見る。

「うーん……」ええ、もちろん。「そうね、そっちも順調よ」くわしく話せたらどんなにいいだろうと思う。とにかく、バルブを開けて、彼へのどうしようもない思いを一気にほとばしらせたくてたまらない。どれだけ彼のとりこになっているか、両手に感じる彼の感触にどんなふうにわれを忘れてしまうか、傷ついた心から振り絞られる情熱が、鋭い刃物のようにわたしに食い込むのはどんな感じか。

でも、それはできない。けっして。彼はあまりに目立つ存在だ。知られすぎている。彼のプライベートのささいな情報だけでも、ちょっとした財産くらいの価値がある。とてもリスクは冒せない。

「彼って、ほんとうに」と、メグミがうなずく。「めちゃくちゃすてきよね。ここで働くようになる前から、彼とは知り合いだったの？」

「いいえ。でも、いずれは会っていたと思うわ」おたがいの過去のせいで。わたしのママは、虐待された子どもたちを支えるさまざまな慈善活動に多額の寄付をしていて、それはギデオンも同じだ。ギデオンとわたしはかならずどこかで出会っていたはずだ。どんな出会いだっただろう、と思う――ゴージャスな黒髪の女性と腕を組んだ彼と、ケアリーといっしょのわたしが出会ったら。クロスファイア・ビルのロビーで接近したときと同じように、たがいに本能的な反応をしただろうか？

〝歩道で見かけた瞬間に、彼はわたしを求めたのよ〟

「どうなのかな、って思ってたの」メグミがロビーの回転扉を押して、通り抜けた。「ふたりは真剣な関係だって書いてあったから」わたしも外に出て、彼女と並んで歩道を歩きだした。「前から彼を知っていたのかもしれない、って」

「ゴシップ・ブログで読むことをすべて信じちゃだめよ」

「じゃ、真剣な付き合いじゃないわけ？」

「そうは言ってないわ」深刻すぎることもたまにある。痛いほどに。残酷なくらい。

メグミは首を振った。「ああ……つい詮索《せんさく》しちゃう。ごめんなさい。ゴシップに目がないの。ギデオン・クロスみたいに特別ホットな男性にも。あんなふうに、体じゅうがセックスそのものみたいに魅惑的な男性とひとつになるのはどんなかしらって、考えずにはいられないのよ。彼、ベッドではすばらしいんでしょうね」

にっこりする。女の子といっしょにいるのはいい。ケアリーだってホットな男性を見る目がないわけじゃないけど、ガールズトークに勝るものはない。「文句を言いたくなることはまずないでしょうね」

「運がいいわね、いやな女」冗談だけど、と言うように肩をぶつけてくる。「あなたのルームメイトって、どう？　画像で見た感じでは、彼もとってもすてき。フリーなの？　わたしと付き合ってくれないかしら？」

急いでそっぽを向いて、しかめた顔を隠した。苦い経験をして、ケアリーには知り合いも友だちもぜったいに紹介しないことに決めている。愛されやすい彼は、その分、多くの人を傷つけている。同じように愛することができないから。なにかがあまりにうまくいきはじめると、ケアリーはそれをぶち壊しにする。「彼がフリーかどうかは知らないの。いまはいろいろ……ややこしい時期みたいだし、彼」

「じゃ、なにか機会があったときにでも、紹介してもらえるとうれしいわ。そんな、真剣に言ってるんじゃないから。タコスは好き？」

「大好きよ」

「二ブロックほど行ったところに、すごくいいお店があるの。行きましょ」

メグミとランチからもどるころ、わたしの世界はすべて順調だった。噂話と、男の子の品定めをして、最高のカルネアサダ・タコス（細切り牛肉ステーキとアボカドのタコス）を三つ食べて四十分過ごし、とてもいい気分だった。昼休みが終わる十分ちょっと前には仕事場にもどれそうで、それもうれしかった。マークはけっして文句は言わないものの、最近のわたしは時間を厳守する部下とは言いがたかったから。

わたしたちのまわりで町はうなりをあげ、上昇しつづける気温と湿度のなか、タクシーと通行人がかぎられた時間のなかでできるかぎりの用事を詰め込もうと、列を成して行き交っている。わたしは臆面もなくマンウォッチングを楽しみ、あらゆる人、あらゆるものを視線でたどる。

ビジネススーツ姿の男性たちが、流れるようなラインのスカートとサンダルをはいた女性たちと並んで歩いている。オートクチュールの服に身を包んで、五百ドルの靴を履いた淑女がよたよたと歩き、湯気を上げるホットドッグの屋台と、大声で呼び込みをする行商人の前を通り過ぎていく。刺激に満ちたごちゃ混ぜのニューヨークはわたしの天国だ。興奮はさらにかきたてられて、これまでに住んだどんな場所よりもわくわくする。

クロスファイア・ビルの真正面の信号が赤になって立ち止まるとすぐ、わたしの視線はビルの前に停まっている黒いベントレーに吸い寄せられた。ギデオンがランチからもどったところにちがいない。ふたりがはじめて出会った日、クロスファイア・ビルの堂々とした美しさに見入るわたしを車のなかから見ていたという彼のことを、考えずにはいられなかった。そして、考えただけでうずうずして——

突然、わたしは凍りついた。

思わず目を奪われるような黒髪の女性が回転扉から飛び出してきて、立ち止まったのだ。その姿がはっきり、長々と見えた——ギデオンが気づいている、いないにかかわらず、彼の理想の女性だ。〈ウォルドーフ＝アストリア〉ホテルの舞踏室で彼女を見たとたん彼が固まるのを、わたしはそばで見ていた。彼女の落ち着きと、ギデオンへの影響力を思うと、わたしはたとえようもなく不安になる。

細身のシルエットのクリーム色のワンピースにチェリーレッドのハイヒールを合わせたコリーヌ・ジルーは、すがすがしいそよ風を思わせた。片手で梳《す》いている腰まで届く黒髪は、ゆうべ、彼女に会ったときほどはつややかではない。それどころか、ちょっと乱れてさえいる。指先を口に当てて、唇の輪郭に沿ってぬぐっているようだ。

わたしはスマートフォンを引っ張り出して、カメラを立ち上げ、パチリと写真を撮った。クローズアップでとらえると、彼女が唇をぬぐっていた理由がわかった——口紅がはみ出ていたのだ。というより、なすりつけたようになっていた。情熱的なキスをしていたかのように。

信号が変わった。メグミとわたしは人の流れといっしょに歩きだした。かつてギデオンが結婚すると約束していた女性とわたしとの距離が狭まっていく。ベントレーから降りてきたアンガスが、車の前をまわっていって、彼女になにか短く話しかけてから、後部座席のドアを開けた。裏切られた——アンガスとギデオンに——という思いに打ちのめされて、わたしは息ができなくなった。足がふらつく。

「ちょっと」メグミが腕をつかんで支えてくれた。「わたしたち、アルコール抜き《ヴァージン》のマルガリータしか飲んでないのよ。お酒、弱すぎ！」

コリーヌのすらりとした体が、ギデオンの車の後部座席に慣れたしぐさで優雅にすべりこむ。腸《はらわた》が煮えくりかえり、思わず両手を握りしめた。怒りの涙の霞《かすみ》の向こうで、ベントレーが縁石を離れ、消えていった。

3

メグミといっしょにエレベーターに乗り込み、最上階のボタンを押した。

「だれかに訊かれたら、五分でもどると伝えて」〈ウォーターズ・フィールド&リーマン〉の階で降りるメグミに言った。

「彼に、わたしのキスも届けてくれる?」メグミはおどけ、手のひらをひらひらさせて自分をあおいだ。「わたしがあなただったら、って考えるだけで熱くなっちゃう」

なんとか笑みを浮かべているうちにドアが閉まり、エレベーターはまた上昇した。最上階に着き、装飾が上品で、いかにも男性的な待合いエリアに出た。すりガラスのセキュリティドアに〈クロス社〉と記され、ハンギングバスケットに盛られたシダとユリが雰囲気をやわらげている。

ギデオンの赤毛の受付係はいつになく協力的で、わたしがドアに着く前にロックを解除してなかに入れてくれた。それから、なにかしゃくに障る感じで、わたしを見てにっこりした。以前から、彼女には嫌われている感じがしているから、あんな笑顔は一秒たりとも信用しない。いらいらしてきた。それでも、手を振って、ハローと言ったのは、わたしは陰険な意地悪女じゃないから――そうなるもっともな理由があるときは、べつだけど。

ギデオンにつづく長い廊下を進み、ふたつ目の広い受付エリアで立ち止まった。デスクにいるのは彼の秘書のスコットだ。

近づいてくるわたしを見て、スコットは立ち上がった。「こんにちは、エヴァ」挨拶をして、電話に手を伸ばした。「あなたがいらしたことを伝えます」

ギデオンのオフィスとフロアの残りのスペースを隔てるガラスの壁はふだんは透明だが、ボタンを押すと不透明になる。いま、ガラスは曇っていて、不安が募る。「彼はひとり？」

「はい、でも――」

つづきは聞かず、ガラスのドアを押し開けてオフィスに入っていった。とても広くて、三か所に坐れるエリアがあり、そのどれをとってもわたしのボスのマークのオフィス全体より広い。ギデオンのアパートメントが優雅で温かい雰囲気なのとは対照的に、オフィスは黒とグレーと白だけのモノトーンのパレットで彩色され、バーの背後の壁に飾られた宝石のようなクリスタルのデキャンターだけが彩りを添えている。

壁の二面は床から天井までガラス張りで、町が見渡せる。大きなデスクと向き合う唯一ガラス張りではない壁のスクリーンには、世界中のニュース・チャンネルが映し出されている。

室内を見渡すわたしの視線は、床にころがっている小さなクッションに引きつけられた。その横の敷物のへこみが、いつものソファの脚の場所を示している。ソファがなにかに押され、何センチかずれたのはまちがいない。

心臓の鼓動が一気に速まり、手のひらが汗ばんだ。ランチの前に感じた不安は募る一方だ。

洗面所への扉が開いていることに気づいたのと同時に、視界に入ってきた上半身裸のギデオンの美しさに、息ができなくなった。シャワーを浴びたばかりのように髪は濡れて、たっぷり体力を使ったときと同様に、首と、胸の上のほうが赤らんでいる。

わたしを見て、彼は凍りつき、一瞬、暗い目をしたあと、すぐに、非の打ちどころのない無表情な仮面をするりとつけた。

「いまはまずいな、エヴァ」そう言って、スツールの背にかけてあったドレスシャツを、肩をすぼめるようにして着た――朝、着ていたのとはちがうシャツだ。「約束に遅れそうなんだ」

わたしはハンドバッグをきつく握った。目をこらして彼を見つめれば見つめるほど、どんなに彼がほしいか思い知らされるだけだ。わたしはおかしくなるほど彼を愛していて、呼吸と同じくらい彼を必要としている……さらに、マグダレンとコリーヌの気持ちもいやというほどわかって、彼からわたしを引き離すためなら、あのふたりはどんなことでもやるだろうという思いも強くなる。「どうして半裸なの？」

ほんとうに、どうしようもない。彼を見たとたん、わたしの体は気づかないまま反応して、好き勝手にあふれる感情を押しとどめるのがさらにむずかしくなる。きちんとアイロンのかかったドレスシャツの前はまだ開いたままで、割れた腹筋と輪郭のはっきり浮き上がった胸筋にぴったり張りついているような金色の肌が見える。胸を薄く覆っている胸毛は矢印の形で、下がるにつれて幅は狭まり、濃く、細い線になって、いまはスラックスとボクサーパンツにおさまっているコックまでつづいている。わたしのなかに分け入る彼の感触を思い出すだけで、痛いくらい恋しくなる。

「シャツがちょっと汚れたんだ」そう言ってボタンをかけはじめ、カフスボタンの置いてあるバーカウンターに近づく彼の動きにつれて、腹筋が収縮する。「急がなければならない。なにか必要ならスコットに伝えれば面倒をみてくれる。二時間ほどでもどれると思う」

「どうして遅れそうなの？」

わたしを見もしないで答える。「タイムリミット寸前のミーティングをねじ込まざるをえなかった」

そうなの？　「今朝、あなたはシャワーを浴びたわ」一時間かけてわたしとセックスしたあと。「どうしてまた浴びなければならなかったの？」

「尋問か？」噛みつくように言う。

どうしても理由が知りたくて、洗面所へ行った。まだむっとするほど湿気が残っている。見つけても耐えられないんだから、わざわざ厄介ごとを探すのはやめなさい、という頭のなかの声を無視して、ランドリーバスケットから彼のシャツを引っ張り出した……片方の袖口に血痕のように、口紅がべっとりついているのが見えた。ねじ切られるように胸が痛い。

シャツを床に落として、うしろを向き、洗面所を出た。できるかぎりギデオンから離れたかった。もどしてしまうか、泣きじゃくる前に。

「エヴァ！」足早に脇をすり抜けるわたしに向かって、彼が声を張り上げた。「いったいどうしたんだ？」

「死ねばいいのに、こんちくしょう」

「なんだって？」

ドアノブに手をかけたとたん、追いついてきた彼に肘をつかまれ、引っ張られた。くるりと体を回転させて、彼をひっぱたいた。彼の顔が横を向き、わたしの手のひらが熱くなるほど強く。

「くそっ」彼はうめき、わたしの両腕をつかんで揺さぶった。「俺を殴るな！」

「触らないで！」むき出しの腕に素手で触れられる感触が耐えがたい。

彼はわたしを押しやり、後ずさりした。「どうしたっていうんだ？」

「彼女を見たのよ、ギデオン」

「だれを見たって？」

「コリーヌよ！」

彼は眉をひそめた。「なんの話だ？」

スマートフォンを取り出して、彼の顔に画像を突きつけた。「ばれちゃったわね」

目を細めて画面を見るうち、ギデオンの眉間の皺が消えた。「具体的に、なにをしたのがばれたって？」穏やかすぎる声で尋ねる。

「もう、勝手にして」扉に向きなおり、ハンドバッグに携帯を突っ込んだ。「いちいち説明する気はないから」

彼が一方の手のひらを曇りガラスに叩きつけて押さえ、扉が開かないようにした。体全体でわたしを囲むようにして、身を乗り出し、耳元で声をひそめて鋭く言う。「するんだ。説明しろ」

ぎゅっと目を閉じた。扉の前でこんな体勢でいると、はじめてギデオンのオフィスに入ったときの熱い記憶が一気によみがえってくる。彼はちょうどこんなふうにわたしを引き止めて、巧みにわたしをその気にさせ、さっき、なにか荒々しい行為のせいで位置がずれたと思われる、まさにそのソファで激しく抱き合うことになったのだ。

「画像がすべてを語っているんじゃない？」歯を食いしばったまま、詰め寄った。

「見たところ、コリーヌは手荒な扱いを受けたようだ。それが僕にどう関係するって？」

「冗談はやめてくれない？　ここから出してよ」

「冗談のようなことはこれっぽっちもないぞ。それどころか、女性相手にこれほど腹を立てたのははじめてだ。いきなり押しかけてきたと思ったら、でたらめな文句と、独りよがりな嘘ばかり――」

「わたしはまともな人間よ！」身をよじって彼の腕の下をくぐり抜け、さっきからそうしたかったとおり、彼から離れた。そばにいると苦しくてたまらないから。「浮気なんてぜったいにしない！　だれかれかまわずファックしたかったら、まずあなたと別れるわ」

ギデオンは扉に背中をあずけ、腕組みをした。シャツの裾は出しっぱなしのまま、襟元のボタンも留めていないセクシーな姿にそそられ、それが怒りの炎に油を注ぐ。

「僕が浮気をしたと思うのか？」ぴりっとして、冷ややかな口調だ。

わたしは深々と息を吸い込み、背後のソファにいる彼とコリーヌの姿を想像して引き起こされた痛みに耐えた。「説明して。彼女がどうしてクロスファイア・ビルにいて、あんなようすだったのか。どうしてオフィスがこんな状態なのか。どうして、あなたがそんな格好でいるのか」

彼の視線がソファをとらえ、それから、床のクッションに移動して、わたしを見た。

「コリーヌがこのビルにいた理由も、あんなようすだった理由も知らない。彼女とは、きみといっしょにいたゆうべから会っていない」

ゆうべの出来事がはるか昔のことのように思われた。すべてなかったことならどんなにいいか。

「でも、わたしはあなたといっしょにいなかったわ」と、指摘する。「あなたがまつげをはためかした彼女に、だれか紹介したい人がいるって言われて、わたしを残して行ってしまったから」

「あきれた」彼の目が怒りに燃え上がった。「またそれか」

わたしは、頬を伝う悔し涙をぞんざいにぬぐった。

彼がうなるように言う。「僕が彼女とあの場を離れたのは、彼女といっしょにいたくてどうしようもなくて、きみから離れたかったせいだと思うのか？」

「知らないわ、ギデオン。あなたがわたしを置いていったんだもの。答えはあなたが知っているはず」

「最初にきみが僕を置いていったんだぞ」

わたしはぽかんと口を開けた。「置いていったりしないわ！」

「置き去りにしたとも。会場につくかつかないかで、きみは消えてしまった。僕はきみを探すはめになり、やっと見つけたと思ったら、あのいけ好かないやつと踊っていた」

「マーティンはスタントンの甥《おい》よ！」リチャード・スタントンはわたしの義理の父親だから、マーティンのことは家族だと思っている。

「やつが司祭だろうとなんだろうと、どうでもいい。きみとやりたがってるのはたしかだ」

「信じられない。ばかげてるわ！　話をそらすのはやめて。あなたは仕事仲間とビジネスの話をしていた。あの場にいるのは気まずかったのよ。わたしだけじゃなくて、あの人たちにとっても」

「気まずいとか気まずくないとか、それはきみの問題だろう！」

彼に平手で打たれたかのように、勢いよく頭をうしろにかたむけた。「どういうこと？」

「〈ウォーターズ・フィールド＆リーマン〉のパーティで、きみがキャンペーンの話をはじめたという理由で、僕がさっさとその場から立ち去ったら、きみはどんな気持ちになる？　そして、やっと見つけた僕がマグダレンとスローダンスをしていたら？」

「それは――」ああ。そんなふうには考えたこともなかった。

たくましい体をゆったり扉にもたせかけたギデオンは、穏やかで落ち着き払って見えても、平静な皮を一枚めくれば、ふつふつと怒りをたぎらせているのがわかる。彼にはいつもうっとりさせられるけれど、とくに激情にわき立っているときの魅力はたとえようもない。「僕の役目はきみの隣に立ち、きみを支えることで、そう、ただ見目麗しく、きみと腕を組んでいればいいこともたまにはある。それが僕の権利であり、義務であり、特権であって、エヴァ、きみにとってもその逆で、同じことが言えるんだ」

「わたしは、あなたのためだと思って、あの場を離れたのよ」

彼は片方の眉を上げた。皮肉をこめた無言の返事だ。

わたしも腕組みをした。「だから、コリーヌといっしょに立ち去ったの？　わたしを懲らしめたの？」

「懲らしめたかったら、エヴァ、お尻をぶっていたよ」

わたしは目を細めた。それはぜったいにありえない。

「きみがどう受けとめるかはわかっている」ギデオンはそっけなく言った。「コリーヌのことで嫉妬してほしくなかったから、あらかじめ説明しておきたかった。二、三分でいいから、彼女と話してしっかり伝えたかったんだ。きみと僕は真剣に付き合っていて、きみが心地よく夜を過ごすことが僕にとってどんなに大事か。それが、彼女とあの場を離れた唯一の理由だ」

「ふたりのことはいっさい話さないようにって、彼女に言ったんでしょ？　あなたにとって彼女はなんだったかは、黙っていてほしいって。マグダレンにすべてばらされちゃって、残念だったわね」

そして、たぶん、コリーヌとマグダレンはそうしようと企んでいたのだ。ギデオンをよく知っているコリーヌには、彼の動きが予想できる。思いがけず自分がニューヨークに現れたら彼がどう反応するか予想して、あれこれ企むのは簡単だったかもしれない。そうなると、きょう、マグダレンが電話をかけてきたのは、ほかに理由があってのことなのだろう。〈ウォルドーフ〉でギデオンとわたしが見かけたとき、彼女とコリーヌは話をしていた。あのふたりは、べつの女と付き合っているひとりの男を求めている。わたしが彼といっしょにいるかぎり、ふたりにはなにも起こらない。そういうわけで、ふたりが手を組んでいる可能性は排除できない。

「そのことは、僕からきみに伝えたかった」張りつめた声だった。

わたしは、どうでもいいと言うように手を振った。いま、目の前で起こっていることのほうが心配だ。「コリーヌがベントレーに乗り込むのを見たのよ、ギデオン。わたしがここへ上がってくる直前に」

彼がもう一方の眉も上げたので、左右の眉の高さがそろった。「そうなのか？」

「そうよ、見たの。どういうことか説明できる？」

「いや、できない」

傷つけられた悲しみと激しい怒りで全身を焼かれるようだ。突然、彼を見ることさえ耐えられなくなった。「だったら、そこをどいて。仕事にもどらないと」

彼は動かなかった。「きみが出ていく前に、はっきりさせたいことがある。きみは、僕が彼女とファックしたと思っているのか？」

彼が声に出して言うのを耳にして、思わず身をすくめた。「なにを信じていいのかわからない。証拠はまちがいなく――」

「僕と彼女が裸でベッドにいるところをきみが見つける、というのが〝証拠〟に含まれようと関係ない」彼が急に身を乗り出し、わたしは驚いてよろよろと後ずさりをした。彼はゆっくりとまた近づいてきた。「僕が彼女とファックしたと思っているのかどうか知りたい。すると思っているのか。できると思っているのか。どうなんだ？」

わたしは一方のつま先でトントンと床を打ちはじめたが、後退はしなかった。「シャツに口紅がついていたのはどういうことか、説明して、ギデオン」

彼は奥歯を嚙みしめた。「いやだ」

「なんですって？」まともに拒絶され、どうしていいのかわからない。

「こっちの質問に答えてくれ」

まじまじと彼の顔に目をこらしたら、ほかの人たちの前ではつけていてもわたしといっしょのときはけっしてつけなかった仮面が見えた。彼は指先でわたしの頰をなでようとするように伸ばした手を、間際になって引っ込めた。手が離れていく瞬間、彼の歯ぎしりが聞こえた。わたしに触れないのがつらい闘いであるみたいに。苦しいけれど、触れられなくてありがたかった。

「どうしても説明してほしいの」小声で言った。彼がかすかに顔をしかめたのは、わたしの幻想? なにかを信じたくてどうしようもないとき、わたしはわざと理由をこじつけてつらい現実をなかったことにすることがある。

「疑われる根拠になるようなことを、僕はなにもしていない」

「あなたはいま、その根拠をわたしに突きつけてるのよ、ギデオン」鋭く息を吐き出す。体に力が入らない。もういい。目の前に立っている彼が、まるで何キロも先にいるような気がした。「つらい秘密を打ち明けるのに時間がかかるのはわかるわ。わたしもいまのあなたのような時期があったから。自分になにがあったか話さなくちゃ、とわかっていても、どうしてもその気になれないのよね。だから、あなたにあれこれ訊いたり急《せ》かしたりしないように、すごくがんばってきたわ。でも、今回の秘密はわたしを苦しめているし、これまでのとはちがう。それがわからない?」

彼は小声で毒づき、冷たい両手でわたしの顔を包みこんだ。「僕は自分のやり方を曲げてでも、きみが嫉妬する必要がないようにしてきたが、きみが僕を独占したがるのは嫌いじゃない。僕を自分だけのものにしようとむきになってほしい。それだけ強く思ってほしいんだ。正気を失うほど好きでいてほしい。でも、信頼しないまま独占しようとされるのは、地獄だ。僕を信用できないなら、なにも分かち合えないぞ」

「信頼はたがいに築き合うものよ」

彼は深々と息を吸い込んだ。「ちくしょう。そんな目で見ないでくれ」

「あなたはいったいだれなんだろうと思って。いきなり近づいてきて、わたしとファックしたいと言った男性はどこ？　こっちは別れようとしていたのに、なんのためらいもなく、きみにがんじがらめだと言った男性はどこ？　そんなふうに、あなたはいつだって並はずれて正直なんだって信じていたわ。それをたよりにしていたの。それがいまは――」

首を振った。喉がひどく詰まってもうなにも言えない。

彼の唇が冷ややかに引き締められたが、かたくなに閉ざされたまま、開くことはなかった。

彼の両手首をつかんで、両頬から引き離した。わたしの内側がぱっくりと割れて、壊れていく。「今回、わたしは逃げないけど、突き放すならご自由に。そうしたい思いがどこかにあるみたいだから」

わたしは部屋を出た。ギデオンは引き止めなかった。

それから、午後はずっと仕事に集中した。マークは大きな声でブレインストーミングをするのが好きで、わたしにとってはすばらしく実践的な勉強になるし、彼が広告主と自信たっぷりに気持ちよくやりとりするのを聞いていると、元気をもらえる。彼がクライアントとのミーティングをふたつ、なんなくこなすのを見ていると、彼が全体をとりまとめる姿勢は頼もしいけれど、けっして威圧的ではないとわかる。

それから、乳幼児用オモチャのニーズの分析をして、ママブログの広告など未開発の広告手段のほかに、利益率の少ない広告に焦点を絞って検討した。仕事で私生活が忘れられるのはありがたく、あとでクラヴ・マガのクラスに出て、いらいらして不安な気持ちをいくらかでも燃焼させるのも待ちどおしかった。

四時ちょっと過ぎにデスクの電話が鳴った。きびきびした口調で応じたら、ギデオンの声がして心臓が跳ね上がった。

「五時に出れば、ドクター・ピーターセンの予約に間に合うだろう」

「そうだったわ」毎週、木曜日の六時に、カップル・カウンセリングを受けることになっていたのを忘れていた。きょうが初回の面談だ。

突然、最初で最後になるのだろうか、という思いが浮かんだ。

「時間になったら」彼がぶっきらぼうにつづけた。「迎えに行く」

カウンセリングにはとても耐えられない気がして、ため息をついた。さっきの喧嘩で、すでに心はひりひり痛み、神経がいらだっている。「ぶったりして、ごめんなさい。やっちゃいけないことだわ。自己嫌悪」

「エンジェル」ギデオンは荒々しく息をついた。「きみはひとつ大事な質問をしなかった」

目を閉じる。彼に気持ちを見透かされるのがいまいましい。「どっちにしろ、あなたが秘密を持っているという事実は変わらないわ」

「秘密は話し合って解決もできるが、浮気はそうじゃない」

頭の奥がずきずきと痛み、額をさすった。「あなたの言うとおりよ」

「僕にはきみしかいないんだ、エヴァ」張りつめた厳しい声だ。

言葉とは裏腹の怒りが伝わってきて、体に震えが走った。わたしに疑われて、彼はまだ腹を立てている。なるほどね。わたしだってまだ怒っている。「五時までに準備しておくわ」

彼はいつもどおり時間きっかりに迎えにきた。わたしがコンピュータをスリープ状態にして帰りじたくをしているあいだ、彼は進行中の〈キングスマン・ウォッカ〉の広告業務についてマークと話をしていた。わたしはさりげなくギデオンを見た。長身で、引き締まった筋肉質の体を黒いスーツに包んだ姿は堂々として、その態度が近寄りがたい雰囲気をかもし出している。でも、わたしは驚くほど弱々しい彼を見たことがある。

やさしくて、ひどく感情的なあの男性に、わたしは心を奪われている。そして、彼がほんとうの自分を隠そうとしたり、そのために外見を取り繕うことに腹を立てている。

彼がこちらを向いて、わたしが見つめているのに気づいた。その野性的なブルーのまなざしに一瞬、どうしようもなく切実な思いがあらわになり、わたしの愛するギデオンが見えた。けれども、それもすぐに消えて、冷ややかな仮面しか見えなくなった。「もう行けるかい？」

彼がなにかを隠しているのは火を見るよりあきらかで、ふたりのあいだに深い溝があるのがつらくてたまらない。彼がわたしを信頼せず、分かち合ってくれないものがあるのが、死ぬほどつらい。

ドアに向かって受付の前を通ると、メグミが拳に顎をのせたまま芝居がかったため息をついた。

「彼女はあなたにお熱なのよ、クロス」待合いエリアに出て、エレベーターのボタンを押す彼にささやいた。

「どうでもいい」彼が鼻を鳴らした。「僕のなにを知っているというんだ？」

「一日じゅう、わたしも自分にそう問いかけていたわ」静かに言った。

彼が顔をしかめたのはまちがいない。

ドクター・ライル・ピーターセンは長身で、きれいにととのえられた髪は白髪交じり、ブルージーンズ色の目は鋭いけれどやさしい。診察室は、色調のちがう中間色で趣味よく飾られ、落ち着いた雰囲気の調度品は、ここへ来るたびに居心地のよさを感じる。こうして、わたしのセラピストとしてドクターに会うのはちょっと不思議な感じだ。これまでは、モニカ・スタントンの娘として会うことばかりだったから。彼は、二、三年前からママのかかりつけの精神分析医だ。

ドクターは、ギデオンとわたしが坐っているソファと向き合ったグレーの肘掛け椅子に腰を落ち着けた。鋭いまなざしで、わたしと彼を交互に見つめる。わたしたちがソファの端と端に離れて坐り、批判を恐れて身がまえるように、体を硬くしているのに気づいたのはまちがいない。ふたりとも、車でここに来るあいだもずっとそうだった。

ドクター・ピーターセンはタブレットPCのカバーを開け、タッチペンを握った。「おふたりがぴりぴりしている原因から聞かせてもらいましょうか?」

ギデオンが話しだしてくれるのを一瞬待った。彼がただ黙って坐っていても、とくに驚きはしなかった。「ええと……きのうからきょうにかけて、わたしが知らなかったギデオンの婚約者に会うはめになって――」

「元婚約者だ」ギデオンがうなるように言った。

「――彼が黒髪の女性とばかりデートする理由がわかって――」

「あれはデートじゃない」

「――それで、ランチのあと、その彼女が彼のオフィスから出てくるのを見てしまって、彼女はこんなようすで――」携帯を引っ張り出す。

「彼女はビルから出ていったんだ」ギデオンが噛みつくように言った。「僕のオフィスからじゃない」

わたしは画像を呼び出して、携帯をドクター・ピーターセンに渡した。「そのあと、あなたの車に乗り込んだのよ、ギデオン！」

「ここに来る前にアンガスから聞いたばかりじゃないか。彼女が立っているのに気づいて、親切心から乗せた、と」

「彼ならそう言うに決まってるわ！」わたしは言い返した。「あなたが子どものころからの運転手なんだもの。もちろん、言い繕ってくれるわ」

「ほう、今度は共謀説か？」

「じゃ、彼はあそこでなにをしていたのよ？」挑むように言った。

「ランチに行く僕を待っていた」

「どこへ？　あなたがその店にいて、彼女がそこにいなかったと確認できたら、この件はなんでもなかったんだって納得するわ」

ギデオンの顎がこわばった。「言ったはずだ。急に人と会うことになった、と。ランチには出かけられなかった」

「だれと会うことになったの？」

「コリーヌじゃない」

「それじゃ答えになっていないわ！」ドクター・ピーターセンに顔を向けると、静かに携帯を返された。「いったいどういうことかと思って、彼のオフィスまで上がっていったら、彼はシャワーを浴びたばかりで半裸で、ソファの位置がずれていて、クッションが床じゅうにころがって——」

「クッションはひとつだけだ！」

「——それから、シャツに赤い口紅がついていたんです」

「クロスファイア・ビルには二十数社が入っている」ギデオンが冷ややかに言った。

「彼女はそのどこかを訪ねていたんだろう」

「そうね」皮肉たっぷりにものうげに言う。「もちろん、そうでしょう」

「彼女をホテルに連れていったとでも？」

わたしは鋭く息を吸い込んだ。体がぐらつく。「まだあの部屋を使ってるの？」

仮面がすべり落ちて、露骨にうろたえた表情があらわになった。彼がまだあのファック部屋——彼がファックするためだけのホテルのスイートルームで、わたしはもう二度と行かない——を確保しているとわかり、実際に殴られたように胸が鋭く痛んだ。低いうめき声につづいて、苦しげな自分の泣き声が聞こえて、きつく目を閉じた。

「少し落ち着きましょう」ドクター・ピーターセンがすばやくなにかを書きつけながら、

さえぎるように言った。「いくつか確認させてください。ギデオン、どうしてエヴァにコリーヌのことを話さなかったのですか？」

「もちろん、話すつもりでした」いらだたしげに言う。

「わたしにはなにも話してくれないんです」小声で言ってハンドバッグのなかのティッシュを探った。マスカラの黒い涙が頬を伝わないように。どうしてまだあの部屋を？理由はひとつしかない。わたしじゃないだれかと使うためだ。

「ふたりでどんな話をしますか？」ドクター・ピーターセンはふたりに質問をした。

「僕はいつも謝ってばかりだ」ギデオンがぼそっと言った。

ドクター・ピーターセンが顔を上げた。「なににたいして？」

「すべてに」ギデオンは片手で髪をかき上げた。

「エヴァは要求が多すぎるとか、期待しすぎだとか思いますか？」

ギデオンがわたしの横顔を見つめるのを感じた。「いいえ。彼女は僕になにも求めないので」

「真実以外はね」訂正して、彼に顔を向けた。

彼の目がカッと燃え上がり、焼けつくような視線でわたしを貫いた。「きみに嘘をついたことは一度もないぞ」

「彼女からなにか形のあるものを求められたいですか、ギデオン？」ドクターが訊いた。

　ギデオンは眉を寄せた。

「考えてみてください。あとでまた訊きます」ドクター・ピーターセンがわたしを見て言った。「あなたが撮った写真は興味深いですね、エヴァ。あなたが出くわしたような状況におちいれば、多くの女性が激しく動揺して――」

「状況もなにも、なにもなかったんだ」ギデオンはふたたび否定した。冷ややかな声だ。

「彼女が認知した状況、ということです」ドクター・ピーターセンが説明した。

「われわれの関係の肉体的側面を考えれば、ばかばかしい認知にもほどがある」

「わかりました。では、その話をしましょう。あなたがたは週に何回くらいセックスしますか？　平均で」

　顔がカーッと熱くなった。ギデオンを見たら、にやにやしながら見つめ返してきた。

「ええと……」気まずさに唇がゆがむ。「たくさん」

「毎日？」ドクターが眉を上げ、わたしは組んでいた脚をほどき、また組み直しながらうなずいた。「毎日、複数回？」

　ギデオンが横から言った。「たいていは」

　ドクターはタブレットPCを膝に平らに置いて、ギデオンと目を合わせた。「このセックスの頻度ですが、あなたにとっては以前からふつうのことなんでしょうか？」

「エヴァとの関係で、これまでと同じことはひとつもないです、ドクター」

「エヴァ以前の関係で、性的接触の頻度はどのくらいでしたか?」

ギデオンは歯を食いしばり、わたしを見た。

「いいのよ」わたしは言った。彼の前で、同じ質問に答えたくはないけれど。

彼は距離を置いて坐っているわたしのほうに手を差し伸べた。わたしは彼の手に手を重ね、安心させるようにぎゅっと握られる感触を味わった。「週に二度」彼が怒ったように言った。「平均で」

そうなると、何人の女性と? 心のなかですばやく計算する。空いているほうの手を膝の上で握りしめた。

ドクター・ピーターセンは椅子に深く坐りなおした。「エヴァはあなたとの関係で、不貞とコミュニケーション不足にたいする不安を指摘しました。意見の衝突を解決するために、どのくらいセックスを利用しますか?」

ギデオンの片方の眉がつり上がった。「エヴァが僕の性衝動の激しさに悩んでいると決めてかかっているようだが、少なくとも僕と同じくらいは、彼女からもセックスを求めています。今後、この状態をつづけることにどちらかが不安を持つとしたら、体の構造上、男性の僕のほうでしょう」

ドクター・ピーターセンが確認を求めるようにわたしを見た。

「ふたりの接触の先には、たいていセックスがあります」わたしは認めた。「喧嘩も含めて」

「衝突の原因が解決したと、たがいが認めたあとですか？　それとも、その前に？」

わたしはため息をついた。「前です」

ドクターはタッチペンを置いて、なにか打ち込みはじめた。すべてが語られ、それがすべて打ち込まれたら、小説一冊分くらいになるのでは？

「付き合いの最初から、性的接触はとくに多かったですか？」ドクターが訊いた。

ドクターは見ていなかったけれど、わたしはうなずいた。「わたしたち、すごく惹かれ合ってますから」

「そうでしょうとも」ドクターは視線を上げて、やさしげにほほえんだ。「それでも、禁欲は可能かどうか話し合って、同時に――」

「可能性はないですね」ギデオンがさえぎって言った。「見込みはゼロです。なにがうまくいっていないのか、それに集中したほうがいいと思います。うまくいっている数少ないことを排除するのではなく」

「私にはうまくいっているとは思えませんね、ギデオン」ドクター・ピーターセンが静かに言った。「あるべきかたちではないと思います」

「ドクター」ギデオンは一方の足首を反対の膝にのせて、椅子の背に体をあずけた。ぜったいに譲らないという意思表示だ。「唯一、彼女に手を触れずにいるのは、僕が死んだときです。われわれの関係を改善するほかのやり方を見つけてほしいですね」

「カウンセリングというのははじめてだから」あとで、ベントレーの後部座席に乗り込み、家に向かう途中でギデオンが言った。「よくわからないんだ。ああいうのは失敗って言うんじゃないか?」

「うまくいくときだってあるわよ」もどかしい思いで言い、頭を背もたれにあずけて目を閉じた。とにかく、くたびれ果てていた。八時からのクラヴ・マガのクラスに間に合うかどうか、考えるのさえだるい。「さっとシャワーを浴びてベッドに入りたくてたまらない」

「きょうはまだ片づけなければならない用事があるんだ」

「ちょうどいいわ」あくびが出た。「今夜はべつべつに寝て、あした会うのはどう?」

提案に返ってきたのは、重苦しい沈黙だった。つぎの瞬間、ぴりぴりと張りつめるなにかを感じて、頭と重いまぶたを上げて、彼を見た。

彼はわたしを見つめ、不満げに唇を結んでいた。「僕を追い払おうとしている」

「してないわ。わたしは――」

「してるじゃないか！　僕を裁いて、有罪だと決めつけ、つぎは締め出そうとしている」

「もうくたくたなのよ、ギデオン！　許容限度を超えたつまらないあれこれに埋もれちゃったの。必要なのは、睡眠と――」

「僕に必要なのはきみだ」きつい口調だった。「いったいどうしたら、僕を信じてくれる？」

「あなたに裏切られているとは思っていないの。わかる？　すべてが疑わしく見えるけれど、あなたが浮気をするとはどうしても思えない。ますます耐えきれなくなっているのは、隠しごとをされているっていうこと。わたしは伝えるべきことはすべて伝えているのに、あなたは――」

「浮気はしていないと思ってる？」彼はシートで身をよじり、片方の膝を曲げてふたりのあいだにすべりこませた。まっすぐわたしの顔を見る。「人生でこれまでなかったくらい、僕はきみのために努力しているよ」

「わたしのために努力してはだめ。自分のためにしないと」

「そういうくだらないことは言うな！　人付き合いの技をきみ以外に使う必要はないんだ」

わたしは低いうなり声をあげ、シートの背もたれに頬を押しつけてまた目を閉じた。

「喧嘩はもううんざりよ、ギデオン。とにかく、心安らかに、静かに夜を過ごしたい。きょうは一日じゅう、調子が悪かったわ」

「病気なのか？」彼は体の向きを変えて、わたしのうなじをそっと手で包むと、額に唇を押しつけた。「熱はないみたいだ。胃がむかむかする?」

息を吸い込み、彼の肌のおいしそうな匂いを味わう。首の付け根に顔を押しつけたいという衝動に、もうちょっとで屈伏しそうになる。

「いいえ」また、たまらなく彼にくっつきたくなる。うめき声をあげる。

「なんだ?」彼はわたしを膝の上に引き上げ、赤ん坊にするようにしっかり抱いた。「どうしたんだ? 医者に行くか?」

「生理よ」アンガスに聞かれたくなくて、声をひそめて言った。「いつはじまってもおかしくないの。なぜいままで気づかなかったのかしら。すごくだるくて怒りっぽいのはそのせい。ホルモンの影響だわ」

彼の動きがぴたっと止まった。一、二拍、心臓が打ってから、頭をうしろにかたむけて彼の顔を見た。

彼は困ったように唇を曲げて、認めた。「そうなのか。よく知らないんだ。行き当たりばったりのセックスライフでは問題にならないことだから」

「気楽なものね。決まった恋人や奥さんのいる男性につきものの不便さを、これからは経験するのよ」

「幸せなことだ」ギデオンは乱れてこめかみにかかったわたしの髪をそっと押しのけた。

彼の豊かな髪が落ちてきて、彫りの深い顔を取り囲んでいる。「そして、あした、きみの気分がよくなって、また僕を好きになってくれたら、ほんとうに幸せだ」

ああ、もう。胸の奥のハートがきゅんと痛む。「いまも好きよ、ギデオン。好きじゃないのは、あなたが秘密を持っていること。そんなことをしていると、別れるはめになってしまう」

「やめてくれ」彼はつぶやき、指先でわたしの眉をたどった。「僕を信じて」

「わたしのことも信じてくれないと」

彼は体をふたつに折るようにして、そっと唇をわたしの唇に押しつけた。「わからないのかい、エンジェル？」いったん息をつく。「僕がきみ以上に信用している人はいないんだ」

両腕を彼の上着の下にすべりこませて、彼を抱きしめ、引き締まって硬い体の温かさにひたる。ふたりのあいだの距離が広がりはじめたのでは、とつい不安に襲われる。

ギデオンはチャンスを逃さず、舌をわたしの口に差し込んで、そっと舌に触れてくすぐった。ベルベットの感触だ。じらすようなゆっくりした動き。わたしも舌を伸ばして、さらに求める。いつだって、もっとほしい。出し惜しみされるのは大嫌いだ。

彼がわたしの口のなかでうめく。喜びと欲望をはらんだ熱い声がわたしのなかに響きわたる。彼は首をかたむけ、見事に彫りこんだような唇でわたしの唇をふさいだ。キスが深まり、舌と舌とがこすれ合い、呼吸が速まる。

背中にまわされた彼の腕に力がこもり、引き寄せられる。もう一方の手がシャツのなかにすべりこんできて、背骨のあたりが温かい手のひらで包まれる。曲げた指の関節でそっと背中をさすりながらも、彼のキスはどんどん激しくなっていく。わたしはさらに愛撫を求めて体をのけぞらせる。素肌に触れられて安心したい。

「ギデオン……」こんなに密着していながら、体の奥のどうしようもない欲望を静められないのははじめてだ。

「シーッ」彼がなだめる。「僕はここだよ。どこへも行かない」

目を閉じて、彼の首に顔を埋《うず》めて、思う。たとえあきらめるのがいちばんだとわかっても、頑固なわたしたちはたがいから離れないのだろうか。

4

汗ばんだ手のひらで壊れそうなほど強く口をふさがれ、くぐもった叫びをあげながら目覚めた。押しつぶされるような重さがのしかかってきて息ができず、べつの手がネグリジェの下に差し込まれ、まさぐってくる。アザができるほど強く。パニックに襲われて、わたしは暴れる。両脚でめちゃくちゃに蹴る。

いや……お願い、やめて……もういや。二度といや。

犬みたいにはあはあしながら、ネイサンがわたしの脚を広げる。股間の硬いものをやみくもに押しつけてくる。内腿に突っ込んでくる。肺が焼けつくぐらい荒い息をしながら抵抗しても、彼はとても強い。跳ね飛ばせない。逃げられない。

やめて！　放して。触らないで。ああ、いやよ……そんなことしないで……痛いからやめて……。

ママ！

ネイサンの手にさらに力がこもって、つぶれそうなくらい強く頭が枕に押しつけられる。わたしがもがけばもがくほど、ネイサンはもっと興奮する。ひどく息を切らしながら、わたしの耳にいやらしい言葉を吹き込み、脚のあいだのやわらかい部分を見つけて、うめき声をあげて突っ込んでくる。すさまじい痛みにとらえられて、わたしは凍りつく。「ほうら」と、彼がうなる。「……なかに入ってしまうと、好きなんだな……いやらしいチビの性悪女め……好きなくせに……」

息ができず、肺を震わせながら泣きじゃくる。鼻の穴に手のひらが押しつけられる。視界に斑点が躍りはじめ、肺が火傷《やけど》するほど熱い。わたしはまたもがく……息ができない……息を吸わないと――

「エヴァ！　目を覚ませ！」

怒鳴り声で命じられ、ぱっと目を開けた。両腕をつかんでいる手を振りほどいて、逃げる。手探りで前進して……両脚にからみつくシーツを蹴飛ばし……ころげ落ちた……。

床に打ちつけられた衝撃で、完全に目が覚めた。痛みと恐怖に耐え切れず、喉をせり上がってきた声がすさまじい悲鳴になる。

「くそっ！　エヴァ、なんてことだ。けがをするぞ！」

何度か深く息を吸い込み、手足をついてバスルームへ這っていく。

ギデオンがわたしを持ち上げて、胸に抱き寄せた。「エヴァ」

「気持ち悪い」あえぎながら言い、手のひらで叩きつけるように口を押さえた。胃袋がねじれる。

「まかせろ」けわしい声で言い、力強く、すばやい足取りでわたしを運んでいく。トイレでわたしを下ろして、シートを上げる。彼は隣にひざまずいて、嘔吐《おうと》するわたしの髪をまとめて押さえながら、温かい手で背中をさすってくれた。

「シーッ……エンジェル」そう何度も何度もささやく。「だいじょうぶだ。なにも心配いらない」

胃が空っぽになると、わたしは水を流して、汗まみれの顔を腕に押しつけ、悪夢の記憶以外のなにかに気持ちを集中させようとした。

「ベイビー・ガール」

横を向くと、バスルームの出入り口にケアリーが立っていた。ハンサムな顔を不安そうにしかめている。スウェットではなく普段着姿で、ゆるめのジーンズにヘンリーネックのシャツを着ている、と思ったら、ギデオンもちゃんと服を着ていることに気づいた。さっき、わたしのアパートメントにもどったときのスーツ姿ではないが、そのあとに着替えたスウェットでもない。ジーンズに黒いTシャツを着ている。

ふたりの格好を見てまごつき、腕時計を確認したら、まだ午前〇時を過ぎたところだ。

「ふたりともなにをしているの？」

「僕はいま帰ったところだ」ケアリーが言った。「ここへ上がってくるクロスとちょうどいっしょになった」

ギデオンを見たら、わたしのルームメイトのケアリーと同じように不安そうに顔をしかめている。「出かけたの？」

ギデオンはわたしを支えながら立たせてくれた。「用事があると言っただろう」

こんな夜中まで？「どんな用事？」

「たいしたことじゃない」

わたしは肩をすくめて彼の手から逃れ、歯を磨きにシンクへ向かった。また秘密だ。いくつ秘密があるのよ？

ケアリーがすぐそばにやってきて、鏡に映ったわたしと目を合わせた。「悪夢をみたのは久しぶりだね」

彼の心配そうなグリーンの目をじっと見つめて、わたしがどんなに疲労困憊《こんぱい》しているか見せつける。

ケアリーは慰めるようにわたしの肩をぎゅっと抱いた。「この週末はのんびりしよう。エネルギーの補給だよ。ふたりとも必要としている。今夜はだいじょうぶかい？」

「僕が面倒をみる」バスタブの縁に腰かけてブーツを脱いだギデオンが、立ち上がった。「僕もいるからね」ケアリーがすばやくわたしのこめかみにキスをした。「なにかあったら叫ぶんだよ」

彼がバスルームを出ていくときにわたしを見た目が、さまざまなことを語っていた——

彼は、ギデオンが泊まることをよく思っていない。実際、わたしも手放しでうれしいわけじゃない。ギデオンの睡眠障害にはずっと警戒心を抱いていて、それが原因で感情の大きな乱れが引き起こされると思っているから。少し前にケアリーが言ったとおり、わたしの愛する男性は時限爆弾で、わたしはそんな彼と同じベッドで眠っている。

口をゆすいで、ホルダーに歯ブラシをもどした。「シャワーを浴びたいわ」

寝る前に一度浴びていたけれど、また汚れてしまった気がした。冷や汗で肌がべたつくし、目をつぶると、体に彼の——ネイサンの——臭いが移っているような気がした。

ギデオンは湯を出して服を脱ぎはじめ、ありがたいことに、わたしの思いはほれぼれするほど引き締まった肉体に吸い寄せられた。筋肉は硬くて輪郭がくっきり浮かび、体つきは細くても力がみなぎっていて優雅だ。

わたしも脱いだ服を床に落として、もうもうと湯気のあがるしぶきの下に入って、うめき声をあげた。背後に立った彼がわたしの髪を脇によけて、肩にキスをした。「気分はどう？」

「よくなったわ」あなたがそばにいるから。

彼は両腕をそっとわたしの腰に巻きつけて、震える息を漏らした。「僕は……ああ、エヴァ。ネイサンの夢をみたのかい？」

わたしは大きくため息をついた。「いつか、おたがいの夢の話ができるかしら、ね？」

彼は鋭く息を吸い込み、わたしの腰を支える指先を曲げた。「そういうことなのか？」

「ええ」と、つぶやく。「そういうことよ」

湯気と秘密に囲まれ、わたしたちは長いあいだ立ちつくしていた。体はくっついていても、気持ちは離ればなれのまま。もういや。抵抗不可能な衝動に揺さぶられて、わたしは泣きだした。感情を吐き出すのは気持ちがいい。泣きじゃくっていると、長い一日の重圧が残らず流れ出ていくような気がした。

「エンジェル……」ギデオンはわたしの背中に体を重ね、腰に巻きつけた腕に力をこめた。大きな体で守るように包みこみ、慰めてくれる。「泣かないで……ああ。耐えられない。どうしてほしいか言ってくれ、エンジェル。僕になにができるか言って」

「洗い流して」そうささやき、彼の所有物のようにそっと抱えられる心地よさがほしくて、さらに寄りかかった。お腹に当てられた彼の指に指をからませる。「きれいにして」

「いまもきれいだ」

震える息を吸い込んで、首を振った。

「いいかい、エヴァ。だれもきみに触れられない」語気を強めて言う。「だれもきみに近づけない。もう二度と」

からめた指に力をこめる。

「なにがあっても僕が阻むから、エヴァ。ぜったいにきみに近づけはしない」

喉が痛くて声が出せなかった。ギデオンがわたしの悪夢に立ち向かう姿を思ったら……わたしにひどいことをした男が見えて……一日じゅうお腹のなかにあった冷たいしこりがさらに硬くなる……。

ギデオンがシャンプーに手を伸ばし、わたしは目を閉じて、すべてを頭のなかから締め出した。いま、わたしだけに気持ちを注いでいる男性のほかはすべて。

魔法を引き出す彼の指に触れられるのを、息を詰めて待つ。触れられたとたん、バランスを崩しそうになって、目の前の壁に両手を伸ばした。ひんやりしたタイルに両方の手のひらをぴったり押しつけ、指先で頭皮をもまれる感覚にわれを忘れて、うめき声をあげる。

「気持ちいい？」彼が低くかすれた声で訊いた。

「いつだって」

彼が髪を洗って、コンディショナーを使うあいだ、わたしは恍惚感《こうこつかん》に酔いしれ、濡れた髪を目の粗い櫛《くし》で梳かしてもらいながら、軽く身震いをした。すべてが終わり、がっかりしたわたしは残念そうな声を発したのだろう。彼が身を乗り出して、言ってくれた。

「まだまだこれからだよ」

ボディソープの香りがして、そして――

「ギデオン」

体をのけぞらせて、ソープでつるつるする彼の手にしなだれかかった。左右の親指が肩の凝りに食い込み、ちょうどいい圧力で解きほぐしていく。その両手が徐々に下がっていく。背中から……お尻……両脚……。

「倒れちゃうわ」気持ちのよさに酔って、舌がうまくまわらない。

「支えてあげるよ、エンジェル。いつだって受けとめる」

ギデオンに根気よく癒され、無欲の崇拝を受けるうちに、痛みと屈辱の記憶が押さえ込まれ、流されていく。ソープとお湯ではなく彼に触れられることで、わたしは悪夢から解放される。うながされて振り返り、目の前にしゃがんでわたしのくるぶしを両手でさすり上げている彼を見る。その体は、畳まれて張りつめた筋肉のほれぼれするような塊だ。彼の顎を指先で包み、上を向かせた。

「あなたは、こんなによくしてくれる人なのに、ギデオン」静かに言う。「それを忘れちゃうなんて、自分でも信じられない。たとえ一分でも忘れるなんて」

彼がすばやく深く息を吸い込み、胸が広がる。わたしの腿を両手でさすり上げながら彼は立ち上がり、またわたしを見下ろした。そして、唇でそっと唇に触れた。軽く。

「きょうは、混乱とショックだらけの一日だったんだろう。ちくしょう……一週間ずっとだ。僕にもきつかったよ」

「わかってるわ」彼を抱きしめ、胸に頬を押しつけた。とてもしっかりとして力に満ちている。彼の腕に抱かれている感触が好きでたまらない。

わたしたちのあいだの彼のものはすでに太く大きくなっていて、わたしがすり寄ると、さらに硬くなった。「エヴァ……」咳払いをする。「終わらせてくれ、エンジェル」

わたしは彼の顎を歯ではさみ、両手を下げて、完璧な形をしたお尻をつかんで、強く引き寄せた。「というか、はじめればいいんじゃない？」

「それはしたくないんだ」

裸で、たがいの体をまさぐり合っているふたりが、ほかの方法で終わらせられるはずがないのに。ギデオンに腰のくびれに手を当てられて歩いているだけで、わたしは両脚のあいだを触られたみたいに彼がほしくてたまらなくなる。「ええと……もう一度よく考えて、言い直してちょうだい、エース」

ギデオンは両手でわたしの喉を両側からはさみ、親指で顎を押して上を向かせた。眉間の皺が彼の思いを告げていて、いま、セックスするのがどうして好ましくないのか、彼が説明するより早く、わたしは両手で彼のコックをつかんだ。

彼はうめき、ぐいと腰を動かした。「エヴァ……」

「これを無駄にするのはもったいないわ」

「きみを相手にへまはしたくない」彼の目がサファイアのような暗いブルーになった。「触れているあいだにきみがおびえたりしたら、僕はまともじゃいられなくなる」

「ギデオン、お願い――」

「言うとおりにするんだ」絶対に引く気のない声だった。

反射的に、握っていた手をゆるめた。

彼は一歩後ずさりをして、さらに離れていきながらコックを握った。

わたしは落ち着きなく体を揺らし、彼の器用そうな手と、長くて品のある指を見つめていた。ふたりのあいだの距離が広がるにつれて、喪失感に体がうずきだす。触れられて一気に燃え上がった感覚が下火になって、かきたてられた炎にいきなり灰をかけられたかのようだ。

「なにかいいものが見えるかい?」彼はネコが喉を鳴らすように、うれしそうに言った。

拒まれたあげく、からかわれたのに驚いて視線を上げた……そして、息を呑んだ。

ギデオンも燃えて、くすぶっていた。ほかに表現する言葉が思いつかない。まぶたを半ば閉じて、いまにもかじりつきそうながつがつとした目でわたしを見ている。唇の合わせ目にゆっくり舌をすべらせて、わたしを味わっているかのようだ。下唇が前歯で深くはさまれるのを見て、両脚のあいだに同じことをされた感じがして、思わず卑猥《ひわい》な言葉を発しそうになる。あの表情はよく知っている……このあと、どうなるかはわかっている……これだけ激しくわたしを求めている彼が、どれだけ強烈になるかは知っている。全身でセックスと叫んでいるようだった。それも、ハードで、濃くて、終わりのない、驚くべきセックス。シャワー・ブースの反対側に立っている彼は、両脚を広げてふんばり、筋肉質の体をリズミカルに動かしながら、長くゆっくりしたストロークで、美しいコックをしごいている。

　こんなに露骨に性的で、過激に男っぽいものは見たことがない。

「どうしよう」ため息混じりに言い、凝視する。「めちゃくちゃ刺激的」

　目の奥のきらめきが、自分がわたしにどんな影響をあたえるかわかっていると告げている。さらに、空いているほうの手で割れた腹筋をゆっくりこすり上げ、胸筋をぎゅっと握って、わたしを嫉妬させる。「僕を見ながらいけるかい？」

　突然、気づいてぎくりとした。彼は、悪夢の直後にわたしに触れてセックスをするのがこわいのだ。それがきっかけでわたしの引き金が引かれたら、ふたりはどうなってしまうのだろうと恐れている。それでも、わたしが自分自身に触れられるように、目の前で進んで演じて――その気にさせて――くれている。その瞬間、すべてを圧倒する感情がどっとこみ上げた。それは、感謝と愛情、欲望と思いやりだ。

「愛してるわ、ギデオン」

　彼がぎゅっと目をつぶった。その言葉は大きすぎて受け取れない、というように。ふたたび開いた目は意志の力にあふれ、わたしは彼がほしくて身を震わせた。「証拠を見せてくれ」彼が言った。

コックの大きな先端を彼の手のひらが包みこむ。さらに、握りしめると、彼の顔が赤くなるのがわかり、わたしは思わず両腿をきつく合わせた。彼の親指が丸く平たい乳首をこする。一度。二度。彼のハスキーな喜びのうめきに、口のなかに唾がわいた。

わたしの背中を打つお湯のしぶきと、ふたりのあいだでうねる湯気のせいで、彼が見せつけている世界のエロティシズムは増すばかりだ。その手の動きが速まり、リズミカルに上へ下へとすべる。彼のその部分はとても長くて、太い。申し分なく男らしい。

硬くなった乳首のうずきに耐えきれず、わたしは手のひらで胸を包んで、握った。

「さあ、やってごらん、エンジェル。僕がきみをどうさせているか、見せて」

できるだろうか、と一瞬ためらった。面と向かってギデオンとバイブレーターの話をしてばつの悪い思いをしたのは、そんなに前のことじゃない。

「僕を見て、エヴァ」彼は片方の手のひらで睾丸を受けとめ、もう一方でコックをつかんでいる。みだらな感じですごくドキドキする。「ひとりでいきたくないんだ。いっしょにいってほしい」

彼のために、同じくらい熱くなりたかった。彼にも、わたしに劣らずうずうずして、ほしがってもらいたい。彼の姿がわたしの頭に焼きつくように、わたしの体も――欲望も――彼の頭に焼きつけたい。

彼と視線を合わせたまま、両手を体にすべらせる。彼の動きを見て……息を呑む音に耳を澄まして……それらの手がかりから、なにが彼を興奮させるのかを探りながら。

　彼がわたしのなかにいるときに劣らず親密で、まったく無防備で、丸見えだから、いっそう生々しいのかもしれない。すっかりむき出し。それぞれの喜びがたがいを刺激する。

　どうしてほしいのか、セックスの神を思わせるかすれ気味の声が伝えはじめる。〝乳首をつまんで、エンジェル……触ってごらん——濡れているかな？　指をなかに入れて……締めつけられるだろう？　僕のディックにとっては、熱くて、きつくて、ビロードみたいな感触の、小さな天国なんだ……たまらなくすてきだよ……とてもセクシーだ。もうおかしいくらい硬くて、痛いほどだ……きみのせいでこんなになっているのが見える？　きみを思って、すごく激しくいきそうだ……〟

「ギデオン」あえぎながら呼ぶ。指先はすばやく円を描いてクリトリスをこすり、その動きに合わせて腰をくねらせている。

「いっしょにいくぞ」かすれた声で言い、恐ろしいほどのスピードと激しさでコックをしごき、オーガズムを目指して一気に突き進む。

　最初に、体の中心が強く収縮して、わたしは大声をあげた。両脚が震える。一方の手のひらをガラスの囲いに叩きつけて、バランスを取る。オーガズムに達したとたん、筋肉から力が抜けた。つぎの瞬間、ギデオンが駆け寄ってきて、飽くなき性欲と所有欲をにじませながら、わたしの腰骨を両側からつかみ、うろたえて悩ましげに指先を食い込ませた。

「エヴァ！」うなるように呼ぶと同時に、最初の濃くて熱い精液がわたしのお腹にほとばしった。「ファック」

彼は前かがみになり、わたしの肩と首の境目のやわらかい部分に歯を立てて、そっとはさみ、生の喜びを伝えた。わたしの体にうめき声を響かせ、繰り返しお腹に射精した。

寝室からそっと出たのは、午前六時ちょっと過ぎだった。目が覚めてからもしばらくベッドにいて、眠っているギデオンを見ていた。めったにないことで、うれしかった。彼が目を覚ます前に起きられることはまずなかったから。見つめているあいだ、彼がおかしな行動を起こすのではという心配は、頭をよぎりさえしなかった。

廊下を歩いていって、そのまま広いオープンフロアになっている居間を抜ける。ケアリーとわたしが、家族でも暮らせる広々としたアッパーウエストサイドのアパートメントに住んでいるなんて、ほんと、ばかげてる。でも、わたしの身の安全についてママと義理の父親と言い争うときの戦略はとっくに学んでいた。住む地域や、ドアマンとかフロントなどセキュリティ関連のことについて、ふたりが譲ることはぜったいにない。でも、そこであちらの考えを受け入れておけば、ほかの面でこっちの言い分を通しやすくなる。

キッチンでコーヒーが落ちるのを待っていたら、ケアリーがやってきた。SDSU（サンディエゴ州立大学）のグレーのスウェットの上下を着て、ぶらぶらと近づいてくる姿にはほれぼれしてしまう。寝癖のついた髪はチョコレートブラウン、角張った顎には一日分の無精髭。

「おはよう、ベイビー・ガール」つぶやくように言い、わたしの横を通るついでに、こめかみにキスをした。

「早起きね」

「それはこっちの台詞《せりふ》だよ」棚からマグカップをふたつと、冷蔵庫からクリームを取り出した。それを持ってきて、じっとわたしを見つめる。「調子はどう?」

「いいわ。ほんとうに」疑わしげに見られ、言い張った。「ギデオンがよくしてくれたから」

「そうか、でも、それってそんなにいいことなのか?　きみがストレスを感じて悪夢をみてしまう、そもそもの原因が彼だとしたら?」

ふたりのマグにコーヒーを注いで、わたしの分に砂糖と、両方にクリームを入れた。そのあいだに、コリーヌと、〈ウォルドーフ〉での夕食会と、クロスファイア・ビルから彼女が出てきた件でギデオンと口論したことを話した。

ケアリーは腰でカウンターに寄りかかり、足首を交差させて、片方の腕を胸に巻きつけて立っていた。コーヒーに口をつける。「説明しないって?」

ギデオンの沈黙の重さを思い出しながら、うなずいた。「あなたはどう？　どんな具合？」

「もう話を変える気かい？」

「ほかになにが言える？　こっちからの一方的な話だし」

「彼には秘密があって当たり前だって考えたことはない？」

わたしは眉をひそめ、マグを下ろした。「どういうこと？」

「つまり、彼は、ネズミ講で世間を騒がせて自殺した詐欺師の二十八歳の息子で、たまたまマンハッタンのかなりの部分を所有してる」挑むように片方の眉をつり上げる。

「よく考えてごらん。その二点にまったく関連がないなんて、ありえると思う？」

視線をマグに落としてコーヒーに口をつけた。一度か二度、同じように考えたことは言わなかった。ギデオンの資産と不動産は膨大で、彼の若さを思えばなおのことだ。

「彼が人をだましているとは思えないわ。たいへんな努力をして、すべて合法的に成し遂げたんだと思う」

「それは、隠しごとばかりしてる彼をきちんと理解したうえでの結論？」

ゆうべ、いっしょに過ごした男性を思い、わたしの返事にまちがいはないと心から確信できて――少なくとも、いまこのときは――ほっとした。「そうよ」

「そういうことなら、了解だ」ケアリーは肩をすくめた。「きのう、ドクター・トラヴイスと話をしたんだ」

　サンディエゴ時代のわたしたちのセラピストの名前を聞いて、すぐに気持ちは切り替わった。「そうなの？」

「ああ。このあいだの晩、僕はほんとうにどうかしていた」

　顔にかかった長い前髪をいらだたしげに払う彼を見て、わたしがうっかり足を踏み入れた乱交パーティのことを言っているのだとわかった。

「クロスに殴られて、イアンは鼻を折って唇を切ったんだ」そういえば、わたしに仲間に入らないかといやらしく誘ってきたケアリーの……友人に、激怒したギデオンが殴りかかったのを思い出した。「きのう、イアンに会ったら、煉瓦《れんが》で顔を殴られた人みたいだった。警察に届けるから、殴ったやつをおしえてくれって言われた」

「あら」心臓が二拍打つあいだ、息ができなかった。「ふざけたやつね」

「そうなんだ。億万長者プラス訴訟イコール大金だよ。いったい僕はなにを考えていたんだ？」ケアリーは目を閉じて、その上をごしごしとこすった。「だから、やつに言った。きみのデート相手は知らないし、どうせ、どこかで拾って引っ張りこんだ男だろう、って。不意打ちをしかけてきたクロスを、イアンはいっさい見ていないんだ」

「あなたといた女の子ふたりは、しっかりギデオンを見たわよ」つっけんどんに言う。

「ふたりは、あの扉から飛び出していった」――扉をバタンと閉じた音がまだ響いているかのように、ケアリーは居間の向こう側を指さした――「地獄の雌コウモリみたいにね。僕たちといっしょに応急手当てした病院へは行かなかったし、こっちもふたりのことはなにも知らないんだ。イアンが彼女たちに出くわさないかぎり、だいじょうぶだよ」

わたしはドキドキするお腹をさすった。また不安になってきた。

「この件は僕が気をつけて見ているから」と、安心させるように言う。「あの晩のことはすべて僕にとって大事な警鐘で、セラピーの場で言葉にして話すと、これまでに気づかなかったことも見えてきた。そのあと、トレイに会いに行ったんだ。謝りにね」

トレイの名を耳にして、悲しくなった。獣医学を学んでいる学生とケアリーのはじまったばかりの関係がうまくいくように、わたしも期待していたのに、ケアリーがぶち壊してしまった。いつものように。「それで、どうだった?」

彼はまた肩をすくめたが、その動きはぎこちない。「何日か前の晩、彼を傷つけたのは、僕がろくでなしだから。きのうの晩は、正しいことをして、また彼を傷つけた」

「彼と別れたの?」手を差し伸べて、彼が出した手を握った。

「冷静なんてもんじゃなかった。氷の上みたいに冷え切っていたよ。彼が求めるのはゲイの僕で、僕はそうじゃない」

だれかがケアリーに、彼自身とはちがうものになることを望んでいる、と聞くと胸が痛む。彼の場合、いつもそうだから。どうしてなのかはわからない。わたしには、彼はいまのままですばらしい。「すごく残念だわ、ケアリー」

「僕もだよ。彼はすてきな人だからね。僕はいまのところまだ、複雑な関係につきもののストレスや要求に対処できないんだ。ずっと仕事漬けだしね。いまだになにかと不安定だから、頭を混乱させられるのはきついよ」きゅっと唇を結ぶ。「きみも同じような感じかもね。ふたりとも、こっちへ越してきたばかりだから。まだしっかりとは落ち着けていないんだ」

わたしはうなずいた。あちらにいたころの彼も知っているし、否定はしない。でも、ギデオンとの関係を絶対にあきらめない、というわたしの決意に揺らぎはない。「タティアナにも話をしたの？」

「それは必要ない」わたしの拳を親指でたどってから、彼は手を離した。「彼女は軽いから」

わたしは鼻を鳴らして、ぬるくなったコーヒーをごくりと飲んだ。

「そういう意味だけじゃなくて」ケアリーはたしなめるように言い、にやっとした。「つまり、彼女はなにも期待しないし、要求もいっさいしないってこと。僕がおしゃれな格好をしていて、少なくとも僕と同じだけオーガズムが得られれば、それでいいんだ、彼女は。とにかく、僕は彼女に満足していて、それは口でやるのがめちゃくちゃうまいからだけじゃない。楽しみだけを求めて、なんのストレスも感じさせない人といっしょにいるとくつろげるんだよ」

「ギデオンはわたしをわかってるわ。理解して、わたしの問題に対処しようとしてくれる。今回もすごく努力してくれてるのよ、ケアリー。彼にとっても楽じゃないと思うわ」

「クロスは元カノとランチ・セックスしたと思う?」彼がいきなり訊いた。

「いいえ」

「確信してる?」

深々と息をつき、景気づけにごくりとコーヒーを飲んでから、認めた。「ほぼね。いま、彼とそういうことをしてるのは、わたしだけだと思うし。わたしたちって、文字どおり熱々でしょ? でも、彼は彼女になんらかの影響を受けてるの。罪悪感だって彼は言うけれど、それでは黒髪フェチの説明がつかないわ」

「そういうわけで、きみはカッとなって彼をひっぱたいたんだね――彼女がまた彼のそばに現れたことで、やきもきしている。そして、なにが起こっているのか、彼はそれでも伝えようとしない。それってきみにはまともなことに思えるの?」

まともじゃない。それはわかっている。いやでたまらない。「ゆうべ、ふたりでドクター・ピーターセンに会ってきたわ」

ケアリーが眉を上げた。「どうだった?」

「できるだけ早く、おたがいから遠くへ、遠くへ逃げなさい、とは言われなかった」

「言われたら？　きみは従ったかな？」

「今回は、つらい状況になったからって別れたりしないわ。本気で言っているのよ、ケアリー」――彼の目を見つめたまま――「こんなところまで進んできて、いまさら波がこわいなんて言えないでしょ？」

「ベイビー・ガール、クロスはとてつもない大波だよ」

「ハハ！」ついほほえんでしまった。ケアリーはむせび泣いてるわたしさえも笑顔にできる。「正直言って、今回、ギデオンとうまくいかなければ、ほかのだれともうまくいく気がしないの」

「それは、きみのつまらない自尊心が言わせてることだ」

「彼は、わたしが背負っているものを知っているわ」

「わかった」

わたしの眉がぴんと上がった。「わかったの？」なんて簡単なんだろう。

「納得したわけじゃない。でも、理解しようとは思う」そう言って、わたしの手を握った。「おいで。髪をやってあげよう」

うれしくなって、ほほえんだ。「あなたって最高よ」

彼はわたしの腰に腰をぶつけてきた。「それを忘れさせないようにするよ」

5

「いわゆる〝死の落とし穴《デス・トラップ》〟でも、これって超一流だよね」ケアリーが言った。

わたしは首を振り、彼の先に立って、ギデオンの自家用ジェット機の主客室に入っていった。「死なないわよ。航空機事故は自動車事故より少ないんだから」

「航空業界が金を使ってデータを改ざんしてるとは思わないの？」

立ち止まって、笑いながらケアリーの肩を叩き、客室の驚くほど豪華な内装を眺めて、少なからず感動さえおぼえた。これまでも自家用機に乗る機会はあったけれど、いつもながら、ギデオンほどのことができる経済力のある人はめったにいない。

客室は広々として、中央の通路も幅が広い。内装は基本的にグレーの濃淡でまとめてあり、チョコレートブラウンと薄青色をアクセントにきかせている。テーブル付きの深い回転式バケットシートが通路の左に、右側にはユニット式ソファが配置されている。どのシートもエンターテインメント用コンソール付きだ。機体後部にベッドルームと、豪華なバスルームがひとつかふたつ、あるらしい。

男性のフライトアテンダントがわたしとケアリーのボストンバッグを受け取り、何か所かあるテーブルと椅子のセットのほうを指して、坐るようにと伝えた。「ミスター・クロスはあと十分ほどで搭乗されます」と、知らせる。「それまでに、なにかお飲み物をお持ちいたしましょうか？」

「お水をお願い」そう言って、時計を見た。七時半を過ぎたところだ。

「ブラディマリーを」ケアリーが注文した。「あればでいいけど」

男性のアテンダントはほほえんだ。「すべて取りそろえております」

ケアリーがわたしを見て言った。「なに？　まだ食事をしてないんだ。トマトジュースで夕食までお腹をもたせて、アルコールで〈ドラマミン〉（乗り物酔い止め薬）の効きを早めるんだよ」

「わたし、なにも言ってないわ」と、抗議する。

横を向いて、窓の外の暮れかけた空を眺め、いつものようにギデオンのことを考える。彼は、朝起きたときから一日ずっと、言葉少なだった。仕事場へ向かう車のなかで言葉は交わされず、わたしが五時に仕事を終えると、彼から電話があって、アンガスの車でひとりで帰り、そのあと、ケアリーと空港まで送ってもらうように、あちらで会おう、とだけ言われた。

でも、わたしは歩いて帰ることにした。ゆうべ、ジムに行かなかったたし、飛行機に乗る前にトレーニングするのも無理だから。アンガスからは、乗らなければギデオンが機嫌を損ねるだろうと警告された。きちんと理由を伝えて丁寧に断ったのに。コリーヌを車に乗せたことで、わたしがまだ怒っているとアンガスは思っているみたいだ。たしかに、ちょっとそういうところはある。言いたくないけれど、その件で彼がいやな思いをすればいいと思っている部分もなくはない。もっと大きい部分で、そんな器の小さい自分を嫌っているけれど。

セントラルパークの背の高い木立を抜ける曲がりくねった道を歩きながら、わたしは男性が原因でつまらない人間になるのはやめようと決めた。たとえ相手がギデオンでも。彼にいらいらしていても、そんなことは忘れて親友とたっぷりベガスを楽しもう。

帰り道を半分ほど過ぎたところで立ち止まって振り返り、五番街にそびえる建物のなかから、ギデオンのペントハウスを探した。彼はあそこにいて、荷造りをしながら、わたしのいない週末の計画を立てているのかしら？　それともまだオフィスにいて、たまってしまった今週の仕事を片づけている？

「おやおや」ケアリーが歌うように言った。アテンダントがトレーにわたしたちの飲み物をのせてもどってきた。「またそんな顔をして」

「どんな顔？」

「苦虫を嚙みつぶしたみたい」彼が背の高いほっそりしたグラスの側面を、わたしのずんぐりしたタンブラーの縁にかちんと当てる。「話したい？」

返事をしかけたとき、ギデオンが機内に入ってきた。むずかしい顔をして、片方の手にブリーフケースを、もう一方にボストンバッグを持っている。アテンダントにバッグを渡して、わたしとケアリーの横で立ち止まり、わたしのルームメイトにぞんざいな会釈をしてから、指の関節のあたりでそっとわたしの頰をなでた。軽く触れられた感触が、電流のようにビビッと体を貫く。そして、彼は歩きだし、後部の客室にすっと消えて、扉を閉めた。

わたしは眉をひそめた。「不機嫌を絵に描いたみたい」

「しかも、こわいくらいすてきだ。あのスーツの似合うことといったら……」

彼はほぼどんなスーツでも着こなす。スリーピースは似合いすぎて、なにか非合法な細工をしているとしか思えない。

「彼のルックスでわたしの気を散らさないで」と、文句を言った。

「口でやってやればいい。機嫌がよくなること、まちがいなしだ」

「まるで男みたいな発言ね」

「そうじゃないと思ってた？」ケアリーは、わたしのクリスタルのタンブラーに注ぎ切れなかった水が残っているガラスのボトルを手に取った。「これを見て」

見せられたボトルのラベルには〈クロス・タワーズ・アンド・カジノ〉とある。「これも一流だぞ」

唇を曲げて苦笑した。「クジラ《ホエール》用ね」

「なんだって？」

「カジノで大金を賭ける人をそう呼ぶの。つぎにめくるカード一枚に十万ドル以上賭けて、眉ひとつ動かさないようなギャンブラーよ。そういうお客を引き寄せるための無料サービスがたくさんあるの——食事も、スイートルームの宿泊料も、往復の運賃もすべて無料よ。ママの二番目の夫がホエールだったの。離婚した理由のひとつがそれ」

ケアリーはわたしを見ながら首を振った。「たいへんだったんだね。じゃ、これは会社所有のジェット機？」

「五機のうちの一機です」トレーに果物とチーズをのせてもどってきたアテンダントが言った。

「すげー」ケアリーが小声で言った。「ちょっとした航空機隊だな」

ケアリーはポケットから〈ドラマミン〉の旅行用パックを引っ張り出して、錠剤をブラディマリーで流し込んだ。

「きみも飲む？」テーブルの上の包みをとんとんと叩いて、尋ねる。

「いいえ。ありがとう」

「ホットな気むずかし屋の相手をしにいくかい？」

「まだわからない。電子ブックを読むかも」

ケアリーはうなずいた。「きみの精神衛生上、そっちのほうがいいかもね」

三十分後、ケアリーは背もたれをいっぱいに倒したシートで軽くいびきをかいていた。耳は雑音防止用のヘッドホンで覆われている。眠っていると彼を見つめながら、すっかりリラックスして安らいでいる姿にほっとした。口のまわりの皺も目立たない。

やがて、わたしは立ち上がり、さっきギデオンが消えていった客室へ向かった。ノックをしようかと思ったが、やめた。彼はわたしをどこかへ締め出している。いま、ここでまた、そんなことをするチャンスはあげられない。

わたしが入っていくと、彼が視線を上げた。突然、現れたわたしに驚いているようすは見えない。彼はデスクに向かい、衛星通信の映像を通して、女性の話を聞いていた。コートは脱いで椅子の背にかけて、ネクタイをゆるめている。一瞬、わたしを見たあと、彼は会話を再開した。

わたしは服を脱ぎはじめた。

まず、タンクトップを、それから、サンダルとジーンズを脱いだ。女性の話はつづき、〝懸念される〟とか〝食いちがい〟とか言っているけれど、ギデオンの目――熱くて、がつがつしている――はわたしに釘付けだ。

「つづきはあすの朝にしよう、アリソン」ギデオンはさえぎるように言って、キーボードのボタンを押した。スクリーンが暗くなった直後に、わたしのブラが彼の頭に落ちた。

「月経前症候群《PMS》なの」わたしは言った。「でも、あなたは〝気分変動〟持ちよね」

彼はブラを膝に引っ張り下ろし、椅子の背に体をあずけた。両肘をアームレストにのせて、両手の指先を合わせる。「それで、ストリップで僕の機嫌をよくしてくれようと？」

「ハハ！　男の人って、ほんと、わかりやすいわよね。ケアリーには、機嫌を直すには口でやってあげたらいい、って言われたわ。だめよ……興奮しないで。やりませんから」パンティのウエストバンドに両方の親指を引っかけ、かかとに重心をかけて体をかたむける。胸ではなく、わたしの目に視線を引きつけるために、工夫しなければならない。「あなたはわたしに借りがあると思うわ、エース。大きな借りが。この状況で、わたしったら、異常なくらいものわかりのいい恋人だったと思わない？」

彼が眉を上げた。

「つまり、あなたならどうするか、ってことよ」わたしはつづけた。「うちにやってきて、わたしの元カレがシャツの裾をズボンに突っこみながら出てくるのを見てしまうの。そして、階上《うえ》に行ったら、うちのソファが乱れていて、わたしがシャワーから出てきたところなのよ」

ギデオンは歯を食いしばった。「僕がなにをするかは、おたがい見たくないだろうね」

「じゃ、わたしは、とんでもない状況でたとえようもなくすばらしい対処をしてるって、ふたりとも認めてるのね」腕組みをしたのは、彼が大好きな胸と腰のラインが強調されると知っているから。「わたしをどうやってお仕置きするか、前にあなたははっきりさせたわ。ご褒美はどうやってくれるの？」

「僕が決めていいのかな？」まぶたを半ば閉じて、ものうげに訊く。

ほほえんで言った。「だめよ」

彼はわたしのブラをキーボードの上に置いて、畳まれていたものが開くように、ゆっくりと優雅に立ち上がった。「きみのご褒美だからね、エンジェル。どうしてほしい？」

「まず、むっつり不機嫌になるのはやめてほしいわ」

「不機嫌？」唇を引き締めて、ほほえみそうになるのをこらえている。「それは、今朝、目覚めたときそばにきみがいなくて、これからの二日も、同じように朝を迎えなければならないからだ」

両腕を解いて彼に近づき、両方の手のひらを硬い胸にぴったり押し当てた。「ほんとうにそれだけ？」

「エヴァ」こんなに力強くてたくましい男性なのに、これほどの敬意をこめてわたしに触れてくれる。

自分の声になにかにじんでしまったのがわかり、わたしはうつむいた。鋭い彼はなんでも感じ取ってしまう。

ギデオンは両手でわたしの顎を包んで、頭がそるほど上を向かせて、じっと顔を見つめた。「話してごらん」

「あなたがどんどん離れていくような気がするの」

わたしたちのあいだの空間に、低いうなり声が響いた。「僕にもいろいろ考えることはある。だからといって、きみを想っていないわけじゃない」

「感じるのよ、ギデオン。前にはなかった距離がふたりのあいだにあるのを」

彼の両手が顎からすべり下りて、両側から首をつかんだ。「距離なんかない。僕はきみに、こうしてつかまれているのも同然なんだ、エヴァ」彼が喉元をつかむ手にかすかに力が加わった。「感じるかい?」

すばやく、かろうじて息を吸う。動揺して心臓がドキドキしはじめたのは、わたしの内側からこみ上げた恐怖への肉体的反応で、ギデオンがこわかったわけではない。彼がわたしの体を傷つけたり、危険にさらしたりはしないと、わかりすぎるほどわかっている。

「たまに」燃えるほど熱い目でわたしを見つめながら、かすれた声で言う。「息ができなくなる」

手を振りほどいて逃げなかったのは、彼の目にいたたまれないような切ない思いと不安が見えたから。彼といっしょにいると、わたしも同じように力がなくなって、だれかにたよらなければ、もう二度と息もできないような感覚におちいる。

　だから、逃げるのと反対のことをした。頭をうしろにかたむけて、すべてをゆだねた。するとあっというまにちくちくするような恐怖は消えた。だんだんわかってきたのは、ギデオンが言っていたとおり、わたしは彼にコントロールされたがっているということだ。ゆだねてしまうと、わたしのなかのなにかが、いままでその存在を知らなかった欲求のようなものが、満たされる。

　彼の息づかいだけが聞こえる、長い沈黙がつづく。彼が自分の感情と闘っているのが伝わってきて、それはどんな感情なのだろう、と思う。彼のなかにはそんなにも相容《あいい》れない感情があるのかしら？

　彼が大きく息を吐き出して、体の力を抜いた。「なにがほしいんだい、エヴァ？」

「あなたよ――上空一マイル（約千六百メートル）で」

　彼の両手が下がってきて、両肩をぎゅっとつかんでから、腕をすべり下りていく。指をわたしの指と組み合わせて、こめかみをこめかみにすり寄せる。「きみとセックスと移動手段の関係は？」

「どんなかたちでもあなたとできるなら、やるわ」以前、彼が口にした思いをそのまま繰り返す。「生理のせいで、今度ちゃんとできるのは、たぶんつぎの週末だし」

「ファック」

「そういうことよ」

彼は手を伸ばしてコートをつかみ、それでわたしをくるんで隣のベッドルームに導いた。

「ああ、すごい」わたしは両手で体の下のシーツをつかみ、背中をそらした。ギデオンはわたしの腰をベッドに押しつけて、小刻みに揺らす舌先でクリトリスをたどっている。わたしの全身はじっとりと汗ばみ、オーガズムを目指して体の中心がぐいぐい収縮するにつれ、目がかすんでくる。うなるような脈拍が、ジェット機のエンジンのブーンという安定した音と混じり合い、さらに速まっていく。

すでにもう二度、いっていた。彼のすばらしく才能豊かでいたずらな口のせいであり、わたしの脚にはさまれた彼の黒髪の頭というたまらなく刺激的な眺めのせいでもある。わたしのパンティは彼に引っ張られて文字どおりずたずたで、彼はまだきちんと服を着ている。

「もうだいじょうぶ」彼の髪に指を差し入れると、根元が汗で濡れている。かなり自分を抑えて無理をしているのがわかる。彼はいつも細心の注意を払い、彼の長くて太いコックで張り裂けるほど満たされる前に、わたしがやわらかく潤うように、たっぷり時間をかけてくれる。

「だいじょうぶかどうかは僕が決める」

「あなたをなかに――」突然、飛行機が揺れて、下降した。ふわりと体が浮いて、ギデオンの口に吸われる感覚だけが残る。「ギデオン！」

またオーガズムに達して身を震わせ、どうしても彼をなかに感じたくて、体をのけぞらせる。耳のなかに響く血流のとどろきに混じって、機内アナウンスが聞こえたけれど、なにを言っているのかわからなかった。

「敏感になってるね」ギデオンが顔を上げて、唇を舐めた。「どうかしたみたいにいきつづけてる」

あえぎながら言った。「入れてくれたら、もっと強烈にいくわ」

「おぼえておこう」

「少しくらい痛くても、もうかまわないから」さらに言った。「しばらくできないあいだに治っちゃうわ」

彼の目の奥でなにかがきらっと光った。立ち上がって言う。「だめだ、エヴァ」

思いがけずきつい声で言われ、オーガズム後のぼんやりした頭がはっきりした。両肘をベッドについて上半身を起こして、服を脱ぎはじめた彼を見る。すばやく、無駄のない動きが美しい。

「わたしが選んでいいはずよ」と、思い出させる。

てきぱきとベストを脱いで、ネクタイとカフスボタンをはずす。それから、まったく抑揚のない声で言った。「ほんとうに、そうしたいのか、エンジェル？」

「必要なら」

「わかっていてきみに痛い思いをさせるのは、僕にとってそんな単純な話じゃない」シャツとスラックスはさっきよりゆっくりと脱ぐ。彼のストリップはわたしのよりはるかにそそられる。「僕たちは、痛みと快感を同時には感じられない」

「そういう意味で言ったんじゃ――」

「きみが言った意味はわかっている」ボクサーパンツを引き下ろして、かがめた体を起こし、ベッドの足下に膝をつくと、獲物を探すつややかなヒョウのようにわたしに向かって這ってきた。「僕のコックがなかにないと、きみは体がうずいてしょうがない。僕を入れるためならなんでも言ってしまう」

「そうよ」

彼がわたしに覆いかぶさる。彼の顔のまわりに黒いカーテンのように髪が垂れ下がり、わたしの体にその大きな体の影が差す。彼は首をかたむけ、口を下げていって、舌先でわたしの唇の合わせ目をそっとたどる。「きみは僕がほしくてたまらない。僕なしでは満たされない」

「そうよ、憎らしい」引き締まった腰をつかみ、彼の体の感触がほしくて身をそらせる。

セックスをしているときほど彼を近くに感じるときはないし、いま、その親密な感じを味わいたくてたまらない。いっしょにいられない週末を過ごす前に、わたしたちはだいじょうぶなのだと安心したい。

彼はわたしの両脚のあいだに落ち着いて、わたしの性器のひだのあいだに硬く熱く屹《きっ》立《りつ》したものを置いた。「一気に押し込めたら少し痛むかもしれないが、それはどうしようもない――きみの引き締まって小さいカントが僕でいっぱいになるから。たまにわれを忘れて荒っぽくなってしまうが、それもどうしようもない。でも、わざと痛くしてほしいと頼むようなことは、二度としないでくれ。できないから」

「あなたがほしいの」ため息混じりに言って、恥じらいもなく、長くて熱いコックに濡れた割れ目をこすりつける。

「まだだ」彼が腰をくねらせ、ペニスの大きな先端でわたしを探り当てる。そっと進んで分け入り、広げて、先端だけわたしに入ってくる。窮屈すぎる感覚に抵抗して、体がよじれた。「きみはまだ準備ができていない」

「ファックして。ああ……いいからファックして！」

彼は片方の手を下げてわたしの腰をつかみ、彼をもっとなかに感じたくてやみくもに腰を跳ね上げようとするわたしを押しとどめた。「まだきつすぎる」

わたしは抵抗しつづけた。彼のお尻の引き締まったカーブに爪を食い込ませて引き寄せた。痛くてもかまわなかった。彼をなかに感じられなければ、変になってしまうと思った。「ちょうだい」

ギデオンはわたしの髪のあいだに手をすべりこませて、つかみ、ちょうどいい位置に固定した。「僕を見て」

「ギデオン！」

「見るんだ」

きつく命じられて、体の動きを止めた。彼を見上げ、ハンサムな顔がゆっくりと、少しずつ変化するのを見るうちに、わたしの欲求不満は消えていった。

最初は、なにか悩みがあるようなこわばった顔つきだった。眉をひそめている。やがて、あえぎ声とともに唇が開いて、荒々しい息づかいといっしょに胸が上下する。顎が引きつり、筋肉が激しく痙攣《けいれん》しはじめる。熱を帯びた肌にわたしも焼かれる。それでも、いちばんうっとりさせられたのは、射貫かれるような青い目と、その奥を煙のようによぎった、まぎれもない弱さだ。

そんな彼の変化を見て、わたしの脈拍は速まった。マットレスを揺らして、彼はつま先をベッドに食い込ませ、身がまえて――

「エヴァ」びくんと体を引きつらせて彼はいき、わたしのなかに熱いものをほとばしらせた。喜びのうめき声と振動が伝わってくる。突然ほとばしった精液といっしょに、コックがわたしの奥へと沈んでくる。「ああ……たまらない」

そのあいだずっと、彼はわたしを見つめて、いつもはわたしの首に埋めて隠してしまう顔をあらわにしていた。見えたのは、彼がわたしに見せたかったもの……はっきりさせたかったこと――

ふたりを隔てるものはなにもない、ということ。

彼は腰を回転させて、残りのオーガズムを味わいつくして、わたしのなかにすべて放出し、痛みもきしみもないように潤した。彼の手が腰から離れ、わたしは体を突き上げて、いくためにクリトリスにちょうどいい圧力がかかるように探る。彼はまだわたしの目を見つめたまま、両手を下げて、わたしの手首をつかんだ。左右の手でそれぞれにつかんだ手を、わたしの頭上に引き上げて、固定する。

彼の手と、重みと、硬さを失わないペニスに身動きできなくされて、わたしは完全に彼のなすがままだ。彼が腰を動かしはじめ、太い血管の浮いた長いペニスで、わたしの内側の震える壁をこすりはじめた。僕のものだと主張して、わたしをわがものにした。

「クロスファイア」彼はささやき、わたしにセーフワードを思い出させた。

オーガズムの波に呑みこまれて、わたしはうめき声をあげた。体の中心が小刻みに動いて、収縮して、締めつけ、彼を貪欲に絞りとる。

「感じるかい？」ギデオンが舌でわたしの耳の縁をたどりながら、湿って乱れた息を吹きつける。「僕は喉元もタマも、しっかりきみにつかまれている。どこに距離があるんだい、エンジェル？」

それからの三時間、隔たりはまるでなかった。

ホテルの支配人がわたしたちが泊まるスイートルームの両開きの扉を勢いよく押し開け、ケアリーが低く長々と口笛を吹いた。

「すげーよ、これは」そう言って、わたしの肘をつかんで部屋に押しこむ。「この広さといったら。ここなら、側転して回ってもだいじょうぶだ」

彼の言うとおりだ。けれども、試すのは朝まで待たなければ。〝上空一マイルクラブ〟に入り浸ったおかげで、脚がまだがくがくしている。

わたしたちの正面には、ベガスの大通り《ストリップ》のまばゆいばかりの夜景が広がっている。部屋の角の二面は床から天井までのガラス窓になっていて、そこにピアノが置いてある。

「大金を張るギャンブラーのスイートルームにかならずピアノがあるのは、どうして？」

ケアリーは尋ね、ピアノの蓋を開けてポロロンと短く鍵盤を叩いた。

わたしは肩をすくめて支配人のほうを見たけれど、彼女はピンヒールで分厚い白いカーペットを音もなく踏みしめ、立ち去ったところだった。見たところ、スイートルームの装飾は五〇年代のハリウッド・スタイルだ。両面仕上げの暖炉はざらざらしたグレーの石で囲まれ、中央からスポークが突き出ている車のホイールキャップのような妙な美術品が飾られている。ソファは淡いシーフォームグリーンで、木製の脚は支配人のピンヒールほどに細い。なにを見てもレトロな雰囲気が伝わってきて、華やかで心を奪われる。

あまりにすばらしすぎると思った。いい部屋だろうと期待はしたけれど、まさか特別室だなんて。断ろうと思ったちょうどそのとき、にこにこ顔のケアリーが両方の親指を立てて、わたしを見た。彼の喜びを拒むほど心が強くないわたしは、部屋を受け入れた。わたしたちのせいで、ギデオンがもっと儲かる客の予約を断ることになりませんようにと願いながら。

「まだチーズバーガーが食べたい?」わたしは尋ね、ソファのうしろのコンソール・テーブルにあったルームサービス用のメニューを手にした。

「それと、ビールもね。二本」

ケアリーは支配人のあとについて、リビングエリアの左にある寝室に入っていき、わたしはヴィンテージもののダイヤル式電話の受話器を取って、ルームサービスの注文をした。

三十分後、さっとシャワーを浴びたばかりのわたしはパジャマに着替え、部分的に敷かれたラグの上であぐらをかいて、チキン・アルフレード（チーズクリームソースのパスタ）を食べていた。

ケアリーはチーズバーガーをほおばり、コーヒーテーブルをはさんで向き合っているわたしを、幸せそうな目で見ている。

「きみはこんなに遅く、山盛りの炭水化物を食べたりしないのに」もぐもぐ口を動かす合間に言う。

「生理前だから」

「こっちへ来る途中のトレーニングのせいでもあるね、まちがいなく」

目を細めて彼を見た。「なんで知ってるの？　寝てたくせに」

「演繹法《えんえきほう》だよ、ベイビー・ガール。僕が寝る前、きみは見るからにいらついていた。目が覚めたら、きみは太いマリファナ煙草を吸ったばかりみたいになってた」

「ギデオンはどう見えた？」

「彼は前も後も変わらない――お尻がきゅっと締まってて、超ホットだ」

わたしはパスタにフォークを突き立てた。「そんなのずるい」

「どうでもいいだろう？」ケアリーは身振りでまわりを示した。「彼がきみになにをしてくれたか見てごらん」

「甘いパトロンなんて必要ないわ、ケアリー」

彼はフライドポテトをむしゃむしゃ食べた。「自分になにが必要なのか、じっくり考えたことがあるかい？　彼の時間も、すてきな体もきみのものだ。それに、彼が所有するありとあらゆるものが利用できる。それって悪くないよ」

「そうね」わたしは認め、フォークをくるくる回した。ママが何人もの有力者と結婚するのを見て、彼らと同じ時間を過ごすのがなによりも大事だと知っている。なぜなら、彼らにとって時間は、人生におけるもっとも価値あるものだから。「悪くないわよ。ただ充分じゃないだけ」

「これこそ人生だ」プールサイドのリクライニングチェアに神像のように横たわったケアリーがきっぱり言った。彼は淡いグリーンのトランクスに黒いサングラスをかけ、プールのわたしたちがいる側を、不自然なほどおおぜいの女性が歩く、という現象を引き起こしていた。「足りないのはモヒートだけだね。お祝いするなら、アルコールでなくちゃ」

思わず口元がほころぶ。わたしはケアリーの隣のリクライニングチェアで日光浴をしていた。からっと乾いた暑さと、たまに飛んでくる水しぶきを楽しんでいた。お祝いしなきゃ、というのはケアリーの口癖のようなもので、とても魅力的だとわたしは前からずっと思っている。「なにを祝うの？」

「夏さ」

「オーケイ、いいわ」上半身を起こして、チェアから両脚をすべり下ろし、腰にパレオを巻いて立ち上がった。さっきプールに入ったせいでまだ濡れている髪は、頭のてっぺんでまとめてロブスタークリップで留めている。焼けつくような日差しが肌に心地よく、まるでとろけるようなキスみたいで、体のむくみ――生理がはじまったせい――を気にしていたのも忘れてしまいそうだ。

プール・バーへ向かいながら、パープルのサングラス越しにプールサイドや日よけ《カバーナ》の下で寝そべっている人たちを眺める。このあたりはホテルの宿泊客で混み合っていて、二度、三度と振り返って見てみたくなるような魅力的な男女も多い。なかに一組、わたしとギデオンに似たカップルがいて、とくにじっくり見つめてしまった。ブロンドの女性は腹ばいになって、組んだ両腕に上半身をのせ、膝を曲げた両脚を楽しげに揺らしている。とてもおいしそうな黒髪の彼は、彼女の隣の椅子に寝そべって片手で頭を支え、空いているほうの手の指先で彼女の背中を上へ下へとなでている。

わたしが見つめているのに気づいたとたん、彼女の笑みが消えた。ジャクリーン・オナシス風のサングラスに隠れて、彼女の目は見えなかったけれど、わたしをにらんでいたのはわかっている。わたしはほほえんで目をそらした。ほかの女性に彼氏をじろじろ見られるのはどんな気持ちか、よく知っている。

バーに入ると、テーブル席が空いていたので坐り、手が空いたら注文させて、と身振りでバーテンダーに伝えた。天井に取りつけられたミスト装置のおかげで肌がひんやりとして気持ちよく、待っているあいだに空いたカウンターのスツールに、吸い寄せられるように移動した。

「なにを飲んでいるの？」

振り向いて、話しかけてきた男性を見た。「まだ飲んでいないけど、モヒートにしようかと考えてるところ」

「おごらせてよ」男性はほほえみ、真っ白だけどちょっと並びのよくない歯をのぞかせた。片手を差し出され、形のいい腕につい視線を引きつけられた。「ダニエルだ」

手を握って言った。「エヴァよ。はじめまして」

彼は組んだ腕をカウンターにのせ、寄りかかった。「ベガスへは仕事で？　遊び？」

「休養と気晴らし。あなたは？」ダニエルの右腕にはエキゾティックな外国語のタトゥーがあって、すてきだった。伝統的ないい男ではないけれど、自信と落ち着きが感じられて、どちらも、たんなる見た目のよさよりわたしにとっては魅力的な要素だ。

「仕事で」

わたしは彼のトランクスタイプの水着をちらっと見た。「うらやましいお仕事ね」

「販売業で――」

「失礼」

ふたり同時に振り向いて、話に割り込んできた女性を見た。引き締まった体格の黒髪の女性で、黒っぽいポロシャツに彼女の名前――シーラ――と〈クロス・タワーズ・アンド・カジノ〉のロゴが刺繍《ししゅう》されている。イヤホンをつけて、さまざまな道具をおさめたユーティリティベルトを腰に巻いているところから見て、警備員だろう。

「ミス・トラメル」会釈をして挨拶する。

わたしは眉を上げた。「はい？」

「カバーナのそばに給仕がいて、ご注文をお受けしますので」

「すてき、ありがとう。でも、ここで待つのはかまわないから」

わたしが動こうとしないので、シーラはダニエルに向かって言った。「カウンターのあちらの端に移動していただけたら、つぎのお飲み物はサービスするようにバーテンダーに伝えますが」

ダニエルはぞんざいにうなずき、わたしを見て愛嬌たっぷりにほほえんだ。「僕もここでいいから、ありがとう」

「申し訳ありませんが、移動していただかなければなりません」

「なんだ？」彼の笑顔がしかめっ面に変わった。「どういうことだ？」

そういうことかと気づいて、わたしはまばたきをしながらシーラを見た。ギデオンがわたしを監視させているのだ。しかも、わたしの行動を離れたところからコントロールできると思っている。

シーラは厳粛な顔つきでわたしを見つめ返した。「カバーナまでお送りします、ミス・トラメル」

一瞬、きょうを彼女の最悪の日にしてやろうかと思った。横暴な恋人にメッセージを伝えるためだけに、ダニエルにつかみかかって無意味なキスをするとか。でも、なんとか癇癪《かんしゃく》を抑え込んだ。彼女はお金を払われた分の仕事をしているだけだ。彼女のボスこそお尻を蹴飛ばされなければならない。

「ごめんなさい、ダニエル」気まずさに真っ赤になって言った。叱《しか》られた子どもになったようで、たまらなくいらついた。「会えてよかったわ」

ダニエルは肩をすくめた。「気が変わったらまた……」

背中にシーラの視線を感じながら、先に立ってリクライニングチェアにもどる。途中、急に振り返って彼女と向き合った。「さっきのは、たまたまあなたが割り込むように指示された状況だったわけ？　それとも、こういう状況のときはこうしろっていう、リストがあるの？」

彼女は一瞬ためらい、そして、ため息をついた。わたしを、一歩外に出たらなにをするかわからない、かわいい金髪のあほ女だと思っているのはまちがいない。「リストがあるんです」

「当然、あるんでしょうね」ギデオンはなんだろうと成行きまかせにはしない。いつリストを作ったのだろう、と思った。わたしがベガスへ行くと言ったあとすぐ？　それとも、もともとリストはあったとか？　ほかの女性と付き合っているときに作ったリストかもしれない。コリーヌのために作った可能性もある。

考えれば考えるほど腹が立ってきた。

「くそ信じられないわよ、まったく」ケアリーに訴えると、シーラがそっと離れていくのがわかった。そうするだけで、彼女につきまとわれているのをわたしがすっかり忘れてしまうみたいに。「ベビーシッターをつけられたわ」

「なんだって？」

なにがあったか話すと、ケアリーがぐっと歯を食いしばるのがわかった。

「常軌を逸してるよ、エヴァ」鋭い声で言う。

「まさに。耐えられないわよ。人間関係はそういうものじゃないって、彼は学ぶべきだわ。自分を信用しろって、あんなにえらそうに言ったばかりなのに」わたしは崩れ落ちるようにリクライニングチェアに坐った。「わたしを尾行させて、近づいてくる人を追い払わせたりして、どれだけわたしを信用してるっていうのよ？」

「まったく、理解できないね、エヴァ」ケアリーは上半身を起こし、弧を描くようにして両脚をチェアから下ろした。「問題だよ、これは」

「もちろん、問題だってわかってる。それに、彼女が女性なのはなぜ？　女性だからだめとか、きつい仕事だからだめとか、そういうんじゃないわ。わたしはただ、女性なら化粧室のなかまで尾行できるだろうとか、単純に、男性にわたしを監視させるわけにはいかないとか、彼が考えたんじゃないかと思って」

「マジかい？　だったら、日光浴なんかしてないで、ちゃんと文句を言ったほうがいいんじゃないか？」

ずっとああだこうだと考えていたことが、ひとつにまとまった。「ちょっと企んでいることがあるの」

「へえ？」ケアリーの口が曲がって邪悪な笑みが浮かんだ。「早く聞かせてよ」

ふたりのあいだのモザイク模様のテーブルに置いてあったスマートフォンを取り上げ、アドレス帳をスクロールしてベンジャミン・クランシー――わたしの義父の専属ボディガード――を探す。

「どうも、クランシー。エヴァよ」最初のベルで応じた彼に挨拶をする。

サングラスの向こうでケアリーの目が見開かれた。「なるほどね……」

わたしは立ち上がり、口の形だけで言った。〝部屋にもどるわ〟

ケアリーはうなずいた。「すべて順調よ」クランシーに尋ねられて答える。ちょっと頭を下げて建物のなかに入り、数歩あとにつづくシーラがまだ外にいるのを確認してから、言った。「じつは、お願いしたいことがあるの」

クランシーとの電話を切ったとたん、電話がかかってきた。発信者通知の表示を見てにっこりしたあと、元気いっぱいに応じた。「もしもし、パパ！」

パパの笑い声が聞こえた。「私の娘は元気かな？」

「問題を起こしては、それを楽しんでいるわ」ダイニングルームの椅子の上にパレオを広げて、腰を下ろす。「パパはどうしてる？」

「問題が起こるのを阻止して、たまにそれを楽しんでいるよ」

ヴィクター・レイズはカリフォルニア州オーシャンサイドの警官で、だからわたしはサンディエゴ大に通うことにした。ママは二番目の夫とつらい時期を過ごしていて、反抗期だったわたしは、長いあいだネイサンにされていたことを忘れたくて、めちゃくちゃな毎日を送っていた。

息の詰まりそうなママの勢力圏から逃れたのは、これまでのわたしの最高の決断のひとつだ。たったひとりの子どもであるわたしへの、パパの静かで揺るぎない愛は、わたしの人生を変えた。パパはわたしがほしくてしかたがなかった自由――もちろん、一定の限度はある――をあたえ、ドクター・トラヴィスに会うように手配してくれた。そこからわたしの回復への長い旅と、ケアリーとの友情がはじまった。

「会いたいわ」と、パパに言った。ママのことは心から愛しているし、ママも愛してくれる。でも、わたしとママの関係は厄介ごとが多く、パパとの関係はとても気楽だ。

「だったら、この知らせを聞いて喜んでくれるかもしれないな。再来週あたり――もうすぐはじまる週のつぎの週だ――顔を見にそっちへ行けそうなんだ。おまえの都合がよければの話だが。迷惑はかけたくない」

「すごいわ、パパ。迷惑なわけないでしょ。会いたくてたまらない！」

「長くはいられないんだ。木曜の夜遅い便で行って、日曜の夕方には帰らなければならない」

「もうわくわくしてるわ！　ああ！　いろいろ計画を立ててるわ。楽しむわよ！」

　パパがくっくっと笑うのが聞こえ、体を温かいものが流れていく。「そっちに行くのは、ニューヨークじゃなくておまえの顔を見るためだよ。観光だとかなんだとか、引っ張りまわすのは勘弁してくれ」

「心配しないで。のんびりする時間もちゃんと作るから。それから、ギデオンにも会ってもらわないと」ふたりがいっしょにいるところを思い浮かべただけで、お腹がドキドキしてくる。

「ギデオン・クロスか？　彼とはなんでもないと言っていたはずだが」

「ええ」わたしは鼻に皺を寄せた。「あのときはうまくいってなくて。もう終わっちゃったと思ったの」

一瞬の間。「真剣な付き合いなのかい?」

わたしもすぐには答えず、落ち着かない気持ちで体を揺らした。パパは人を見抜くプロだ。実際に会えば、ギデオンとわたしのあいだに——性的にも、それ以外にも——緊張した関係があるとすぐに見抜くだろう。「そうよ。気楽なことばかりじゃないわ。いろいろたいへんだけど——わたしがたいへんにしてるの——ふたりとも努力しているわ」

「彼はおまえを大事にしてくれるのか、エヴァ?」荒っぽく、真剣すぎる声だ。「彼がどれだけ金を持っていようとどうでもいい。おまえが背伸びをする必要はないぞ」

「そんなんじゃないわ!」ペディキュアを塗ったつま先がくねるのを見下ろし、ふたりを引き合わせるのは、ただ心配性の父親に娘の新しい恋人を紹介するような簡単なことではないのだと気づいた。ママのおかげで、パパは金持ちの男性をよく思っていない。

「どんな感じかは、彼に会えばわかるわ」

「そうだな」声はまだ疑わしげだ。

「ほんとうよ、パパ」心配ばかりして、とうんざりはできない。わたしが〝感心できない連中〟といっしょに自滅的な暴走をしたせいで、パパはドクター・トラヴィスを探し出すはめになったのだから。パパがとくに手を焼いたのは、わたしがちょっとした追っかけをやっていたバンドのヴォーカルだ。それと、パパが車を止めて、運転中にフェラチオをさせていた——相手はわたしじゃない——のを見つけたタトゥー・アーティスト。

「ギデオンはよくしてくれるわ。わたしを理解してるし」

「心を広くして会うことにしよう、それでいいだろう？　航空券を予約したら日程表をメールする。それ以外の調子はどうだね？」

「つい最近、ブルーベリー風味のコーヒーの販促キャンペーンの仕事をはじめたわ」

また一瞬の間。「冗談だろう」

わたしは声をあげて笑った。「だといいんだけど。売れるようにがんばるから、幸運を祈って！　パパの分を取っておいて、試飲してもらわなくちゃ」

「愛されていると思っていたんだが」

「それはもう心から。そちらの異性関係はどう？　デートはうまくいった？」

「まあな……悪くはなかった」

鼻を鳴らし、訊いた。「また彼女と会おうと思ってる？」

「いまのところは、そのつもりだが」

「情報があふれ出て止まらないわね、パパ」

またくっくっと笑う声がして、坐りなおしたのか、パパのお気に入りの椅子がきしむ音がした。「実際のところ、父親の異性関係なんか知りたくないだろう」

「たしかに」それでも、たまにパパとママはどんなふうに付き合っていたんだろうと考える。パパは貧しい地区出身のラテンアメリカ系の若者で、ママは金持ちの家に生まれ、社交界にデビューしたばかりの青い目のブロンド美人だった。ふたりのあいだには、めくるめく熱いやりとりがあったにちがいない。

さらに何分か、ふたりとも再会の期待感に興奮しながら話をした。大学を卒業して、遠くへ引っ越してしまったわたしは、そのままパパと疎遠になりたくなくて、毎週土曜日にかならず電話をかけて近況報告をし合っている。こんなに早くパパが遊びに来てくれることになり、ちょっと安心した。

通話を終えたのとほぼ同時に、どこから見てもモデルそのもののケアリーがぶらぶらと部屋に入ってきた。

「まだ企み中?」彼が訊いた。

わたしは立ち上がった。「そっちは完了。いまのはパパから。再来週、ニューヨークに来るんですって」

「そうなの?　いいね。ヴィクターはかっこいいよ」

ふたりでキッチンへ行き、ケアリーが冷蔵庫からビールを二本、取り出した。このスイートルームには、わたしがふだん使っているのと同じものがいろいろ備えられていることに、さっき見て気づいた。ギデオンの観察力が鋭いだけなのか、それとも、べつの方法で——たとえば、わたしのレシートを見て——情報を仕入れたのだろうか。彼ならやりかねないと思う。ふたりのあいだの越えてはならない境界線が見えていないから。

警備員にわたしを守らせたのがいい証拠だ。

「いちばん最近、きみの両親が同じ州にいたのはいつ？」ケアリーは尋ね、栓抜きでビールの栓を抜いた。「同じ町は言うまでもなく」

ええと、そう……「よくわからないわ。わたしが生まれる前とか？」手渡されたビールをごくごくと飲む。「ふたりを引き合わせる計画なんかしてないわよ」

「じゃ、よく練り上げた最高の計画に乾杯」ケアリーがビール瓶の首と首をカチンと合わせた。「そういえば、プールで会った女の子と軽く一発決めようかと思ったんだけど、やめて上がってきた。きょうは、きみも僕もセックスはしないで、ふたりでいっしょに過ごそうと思って」

「光栄だわ」さらりと言った。「わたしは下へもどろうと思ってた」

「外は暑すぎるよ。日差しがものすごい」

「ニューヨークの太陽と同じでしょ？」

「生意気なやつだなあ」彼のグリーンの目が輝いた。「おしゃれして、どこかへランチに行かないか？　僕のおごりだ」

「いいわね。でも、シーラがしつこくくっついてくるかも」

「彼女も彼女のボスもくそくらえだ。金持ちと支配欲の関係って、どうなんだ？」

「支配するから金持ちになるのよ」

「どうでもいいね。僕は、僕たちみたいに無茶な感じのほうが好きだ――結局は、自分にツケがまわってくるんだけど」彼は片方の腕を胸に巻きつけるようにして、カウンターに寄りかかった。「彼にこんなばかみたいなことされて、我慢するつもり？」

「状況によるわ」

「どんな？」

わたしはにっこりして、寝室に向かって後ずさりをしはじめた。「したくをして。ランチを食べながら話すから」

6

帰りの荷造りをようやく終えたころ、リビングルームからまちがえようのないギデオンの声がした。一気に噴き出したアドレナリンが体じゅうの血管をめぐる。わたしの企みについて、ギデオンからはまだなにも言われていない。ゆうべ、ケアリーとクラブめぐりをしてもどったあとと、今朝も、起きたときに電話で話をしたのに。

知らないふりをされるのはちょっといらつく。わたしが頼んだことを義父のボディガードのクランシーはちゃんとやってくれたのかしらと不安になり、あらためて確認したら、すべては計画どおりに進んでいるときっぱり言われた。

素足のまま、開けっぱなしの寝室のドアのほうに歩いていくと、ちょうどスイートルームから出ていくケアリーが見えた。ギデオンは狭い玄関の間にひとりで立ち、謎めいた視線をわたしに向けた。わたしが現れるのをいまかいまかと待ちつづけていたかのように。ルーズフィットのジーンズに黒いTシャツを着ている。会いたくてたまらなかった姿に、目の奥がつんとした。

「ハイ、エンジェル」

わたしの右手の指先が、落ち着きなく黒いヨガパンツの生地をもてあそぶ。「ハイ、超一流《エース》さん」

見事に彫りあげたような美しい唇が一瞬、引き締まる。「その呼び方には特別な意味があるのかな？」

「ええと……あなたはなにをやってもエース級だから。それから、わたしが熱をあげてる小説のキャラクターのニックネームなの。あなたを見てると、たまに似てるな、と思うことがあって」

「きみが僕以外のだれかに熱をあげているというのは、いい気持ちはしないね、小説のなかのでも、そうじゃなくても」

「そのうち慣れるわ」

ギデオンは首を振り、近づいてきた。「きみが僕を尾行させたスモウレスラーと同じように？」

わたしは頬の内側を噛んで、笑いそうになるのをこらえた。クランシーに、アリゾナのフェニックスあたりの知り合いに頼んで、シーラがわたしを監視しているようにギデオンを監視するように手配してほしいと伝えたとき、ボディガードの外見についてとくに指定はしなかった。男性に限定して、介入するべき状況の比較的短いリストを示しただけだ。「ケアリーはどこに行ったの？」

「階下のカジノで、僕の名前で遊べるように手配した」

「いますぐ帰るわけじゃないのね？」

ギデオンがふたりのあいだの距離をゆっくり詰めてくる。忍び寄る姿は見るからに危険だ。肩の張り方にも、目の輝きにもはっきり表れている。しなやかな足取りが圧倒されるほどセクシーでなければ、もっと不安になっただろう。「生理中？」

うなずく。

「だったら、きみの口のなかにいくしかないな」

わたしは眉を上げた。「そうなの？」

「ああ、そうだ」口の端を上げてほほえむ。「心配はいらない、エンジェル。まず、きみの相手をするから」

彼はわたしに突進してきて抱き上げ、寝室に飛び込んで、ふたりいっしょにベッドに倒れこんだ。あえぐわたしの口を彼の口がふさぐ。深く、むさぼるようなキス。ほとばしる彼の熱い思いと、彼の重さでマットレスに押しつけられる大好きな感覚に押し流されそうだ。彼はいい匂いがする。とても熱い肌。

「会いたかったわ」うめくように言い、両腕と両脚でしがみつく。「たまにすごくしゃくに障るけど」

ギデオンがうなり声をあげる。「きみみたいにいらだたしくて、頭にくる女性ははじめてだ」

「そうよ、わたし、怒ってるんだから。わたしは所有物じゃないの。だから、ああいうのはだめ――」

「いや、きみは僕のものだ」彼がわたしの耳たぶを歯ではさみつけ、その鋭い痛みに悲鳴をあげる。「そして、あれはありだ」

「だったら、あなたもわたしのものよ。そして、わたしにもあれは、あり」

「そして、きみはやってみせた。一メートル以内に近づけない相手と仕事をするのがどんなにたいへんか、わかるかい？」

ぎくりとした。一メートル以内に近づけないようにと言ったのは女性限定だったから。

「どうしてそんなに近づく必要があるの？」

「設計図を目の前に広げて、問題の箇所を指し示したり、テレビ会議のカメラにいっしょに映るように接近することもある――このふたつのやりにくかったことといったら」

彼は顔を上げてわたしを見下ろした。「僕は仕事をしていたんだ。きみは遊んでいた」

「知らないわ。わたしにやっていいことなら、あなたにやってもいいでしょ」それでも、わたしと同じように、ギデオンも不便さを我慢しなければならなかったと知って、密かにうれしかった。

彼は片手を下げてわたしの腿の裏をつかみ、両脚をぐいと広げた。「僕たちの関係で百パーセント平等というのはないから」

「ないわけないわ」

ギデオンは、わたしの脚を広げて作った隙間に腰をはさみこむようにした。体を揺すって、硬くなって太く盛り上がったものをわたしの性器にこすりつける。「ないんだ」繰り返して、両手をわたしの髪に差し込んで根元をつかみ、固定した。

腰をくねらせて、極度に敏感になったクリトリスを刺激する。ジーンズの縫い目がちょうどいい位置にあって、わたしのなかで絶えずたぎっている彼への欲望をかきたてる。肉欲が血流に混じる。「やめて。そんなふうにされると、なにも考えられなくなる」

「考えるな。ただ聞いていろ、エヴァ。僕が僕であることと、これまでに築き上げたもののせいで、僕は目をつけられる。実際どういうものか、わかるだろう。富と、富ゆえに注目されて生活するのがどういうものか、きみは知っているからね」

「バーにいた男性に悪意はなかったわ」

「どうだか」

むかむかとしてきた。信用されていないのが伝わってきてしゃくに障る。自分では秘密を抱えていながら、わたしを信用しないというのがなにより腹立たしく、言わずにはいられなかった。「わたしから離れて」

「ちょうどここが居心地いいんだ」そう言ってぐいと腰を引き上げ、また押しつける。

「怒ってるのよ」

「そうらしい」なおも動きつづける。「怒っていても、きみはいかずにはいられない」

彼の腰を突き放そうとしたけれど、重くてびくともしない。「かんかんに怒ってるのに、いけるわけないわ！」

「証明してごらん」

なんてうぬぼれてるんだろう。ますます腹が立ってくる。固定されていて顔を背けられず、目を閉じて彼を視界から追い出す。彼はおかまいなしだ。密着して腰を動かしつづけている。ふたりとも服を着たままで、体もつながっていないから、彼の体の流れるような優雅な動きをいっそう意識してしまう。

この男性はファックのやり方を知り尽くしている。ギデオンは大きなディックを女性に入れたり出したりするだけではない。ディックの摩擦を利用して、挿入の角度と深さを変えて女性を思いのままにする。そんな技の巧みなニュアンスも、彼の体の下で身もだえて、自分のなかにかきたてられた感覚に集中していると、わからなくなる。けれども、いまはそんなすべてを感じている。

快感を抑えこもうとしても、つい声をあげてしまう。

「それでいいんだ、エンジェル」と、彼があおる。「きみのせいでどんなに硬くなっているか感じるかい？　きみが僕になにをしたか、感じるだろう？」

「セックスで罰するのはやめて」わたしは訴え、かかとをマットレスに食い込ませる。彼は一瞬動きを止め、わたしの喉元を口で吸いながら、ゆっくり体をうねらせた。服を着たままファックしているみたいに。「僕は怒っていないよ、エンジェル」

「どうでもいいわ。わたしをいじめてるのよ」

「そして、きみのせいで僕は頭がどうかなってしまいそうだ。きみがなにをしたか知って、僕がどうなったと思う？」

目を細めて彼をにらむ。「どうなったのよ？」

「硬くなった」

わたしは目をむいた。

「面倒なことに、人のいるところでだぞ」彼はわたしの胸を手のひらで包み、硬くなった乳首を親指でなでた。「もう結論の出た話し合いを引き延ばして、おさまるのを待たなければならなかった。きみに気持ちをあおられると興奮しないではいられない、エヴァ」声がどんどん低く、かすれていく。セックスと罪にあふれた声。「きみとファックしたくなる。長々と、たっぷり」

「ああ」わたしは腰を突き上げた。体の芯《しん》が硬くなって、もういきそうだ。

「でも、できないから」と、彼がネコが喉を鳴らすように言う。「このままきみをいかせて、それから、きみが口でお返しをしてくれるのを見る」

甘ったれた鼻声をつい漏らしてしまう。そんなふうにして彼を喜ばせるのだと思っただけで、口のなかに唾がわく。セックスしているとき、彼はいつも、ひたすらわたしに合わせてくれる。なにもかも忘れて、自分の快感だけに集中するのは、わたしがフェラチオをしているときだけだ。

「それでいい」彼がつぶやく。「そうやって、カントで僕をこすりつづけて。ああ、すごく熱い」

「ギデオン」筋肉が縮んだり伸びたりする背中全体や、お尻を両手でまさぐりながら、体をそらし、くねらせて彼にすりつける。そして、長々とうめき声をあげながらいった。張りつめていたものが快感とともに一気に解き放たれた。

彼の口がわたしの口を覆って、体の下で身を震わせながら漏らす声を呑みこむ。わたしは彼の髪をつかんでキスを返した。

くるりと体の位置が変わって、下になった彼がズボンの前のボタンに手を伸ばして、引きちぎるようにしてはずした。「さあ、エヴァ」

わたしはベッドの足下まで這っていく。そうさせたいと望む彼に負けないくらい彼を味わいたい。ボクサーパンツが引き下ろされると同時に、彼のペニスに両手を添えて、大きな先端を唇でたどっていた。

うめき声をあげ、ギデオンは枕をつかんで頭の下に押し込んだ。彼と目を合わせて、さらに深くほおばる。

「そう」息を漏らしながら言う。彼の右手の指が、わたしの髪ともつれ合う。「強く、速く吸って。いきたいんだ」

彼の匂いをかぎ、熱い皮膚の繻子《しゅす》のようなやわらかさを舌で感じる。言われたとおりに彼を吸う。

頬をへこませて、喉の奥まで吸い込み、先端まで唇でしごき上げる。何度も何度も。吸う強さと、速さに集中して、彼が発する生々しい声と、指先がせわしなく掛け布団をつかむようすに刺激され、彼に劣らず貪欲にオーガズムを求める。彼は激しく腰を回転させ、わたしの髪をつかむ手でペースをコントロールする。

「ああ、すごい」暗く、熱い目がわたしを見つめる。「きみのしゃぶり方が大好きだ。まだまだ足りない、という感じが」

足りないんだもの。足りたことは一度もないと思う。わたしが彼の喜びをとても大切に思うのは、本物で、ありのままだから。彼にとってセックスは、つねに見せかけだけの整然としたものだった。でも、わたしが相手だと抑えがきかなくなるのは、道理に合わないくらいわたしがほしいから。二日間、わたしと離れていて……やっとまた会えたから。

彼のものを握ってしごき、なめらかな皮膚の下で太い血管が脈打っているのを感じる。

喉の奥からかすれた声が漏れ、しょっぱくて温かいものが舌の上にほとばしる。もうすぐだ。彼は真っ赤な顔をして、唇を開き、荒い息をしている。わたしの額にも汗がにじむ。彼といっしょにわたしも高まっていく。彼は完全にわたしのなすがままで、なにかに取りつかれたかのようにオーガズムを求め、性的で不道徳なことをつぶやいている。今度ファックするときに、わたしになにをするか、とか。

「そうだ、エンジェル。しごいて……いかせてくれ」首をのけぞらせて、肺から一気に熱い息を吹き出す。「ファック」

彼は、わたしと同じように――恐ろしいくらい激しく――いった。コックの先から勢いよくほとばしったどろりとして熱い精液を、わたしはなんとか飲みこんだ。彼はわたしの名をうめくように呼び、動きつづける口へと腰を突き上げた。わたしから奪いたいものを奪い、空っぽになるまで、すべてをわたしにあたえた。

そして、体を丸めてわたしを引き寄せ、息ができないくらい強く抱きしめて、上下する胸に押しつけた。長いあいだ、彼はただわたしを抱いていた。耳を澄ましていると、荒々しかった鼓動が穏やかになり、呼吸も静まっていった。

やがて、彼が唇を髪に押し当てたまま言った。「どうしてもほしかった。ありがとう」

にっこりして、鼻をすり寄せる。「どういたしまして、エース」

「会いたかったよ」ささやくように言って、わたしの額に唇を押しつける。「どうしようもないほど。これだけのためじゃなく」

「わかっているわ」わたしたちにとって、これ――体を寄せ合って、熱狂的に触れ合い、オーガズムで一気に解き放たれること――が必要なのは、ふたりでいっしょにいると影響を受けずにはいられない、たとえようもなく激しい感情をいくらかでも発散するためだ。「来週、パパがこっちに来るの」

一瞬、彼の動きが止まった。顔を上げて、しかめっ面でわたしを見る。「僕がまだディックをさらけ出しているときに、言わなければならないことかい？」

わたしは笑い声をあげた。「パンツを下ろしているところを見つかっちゃった感じ？」

「まったく」またわたしの額に唇を押しつけてから、ベッドに仰向けになり、パンツとズボンをきちんとととのえた。「顔合わせをどうするか、なにか考えているのかい？　食事は外で？　うちで？　きみの家と僕の家では、どっちがいい？」

「うちで料理を作るわ」伸びをして、シャツを引っ張って皺を伸ばした。

彼はうなずいたものの、雰囲気ががらりと変わった。さっきまで、満たされて感謝の気持ちでいっぱいに見えたわたしの恋人は、気むずかしい表情の男性に変わった。最近はこんな感じのことが多い。

「もっとほかにこうしたいっていうのがある？」訊いてみた。

「いや。いい考えだと思う。訊かれたら、僕もそれを薦めただろう。お父さんもきみのところのほうが居心地がいいはずだ」

「あなたは？」

「僕もだ」一方の肘をついて、手で頭を支えて、わたしを見下ろす。額にかかったわたしの髪をうしろに払いのけて、言う。「そうしないですむなら、僕の金を見せつけるようなことは避けたほうがいいだろう」

わたしは大きく息をついた。「それは考えていなかったわ。散らかすなら、あなたのところより自分のキッチンのほうが気楽だと思っただけよ。そうね、あなたの言うとおり。でも、だいじょうぶよ、ギデオン。あなたがわたしをどう思っているか知ったら、パパはわたしたちが付き合っていることを喜んでくれるわ」

「お父さんがどう思うかで、きみの気持ちが影響を受けはしないかと、それだけが心配だ。僕がお父さんに気に入られず、それでふたりのあいだのなにかが変わったら――」

「そのなにかを変えられるのは、あなただけよ」

彼はぞんざいにうなずいただけで、あいかわらず心配しているのが伝わってきて、わたしの気持ちも晴れなかった。ガールフレンドの親と会うことになって緊張する男性は多いけれど、ギデオンはほかの人たちとはちがう。浮き足立ったりしない。たいていは。

彼とパパには緊張したり身がまえたりするのではなく、気楽に付き合ってほしい。

わたしは話題を変えた。「フェニックスでの仕事はすべてうまくいったの？」

「ああ。プロジェクトの主任のひとりが経理の矛盾に気づいて、調べるように強く主張していたんだが、彼女の主張は正しかった。使い込みを許すわけにはいかない」

ぎくりとした。ギデオンの父親は投資家から数百万ドルをだまし取ったあと、自殺している。「プロジェクトというのは？」

「ゴルフ・リゾートだ」

「ナイトクラブ、リゾート施設、豪華な住まい、ウォッカ、カジノ……。ジムのチェーンにまで手を伸ばしたのは、贅沢《ぜいたく》な暮らしをしつつ体型を維持するため？」クロス社のウェブサイトをチェックして、ギデオンはソフトウエアやゲーム、成長中の若手起業家向けソーシャルメディアの開発計画にもかかわっていると知っていた。「あなたはいろんな顔を持った娯楽の神ね」

「娯楽の神だって？」ギデオンは愉快そうに目を輝かせた。「持てるエネルギーをすべて、きみを崇拝することに費やしているのに」

「どうやってお金持ちになったの？」まだ若いのにこれだけの財を成したのにはなにか事情があるはずだ、とケアリーにほのめかされたのを思い出したら、気になってつい訊いていた。

「人は楽しむのが好きで、特権に金を払うものなんだ」

「そういう意味で訊いたんじゃないの。どうやってクロス社をはじめたの？　会社を立ち上げる元手はどこから調達したの？」

問いかけるように目を輝かせる。「どこで手に入れたと思う？」

「ぜんぜんわからない」正直に言った。

「ブラックジャックだ」

目をぱちぱちさせた。「ギャンブルで？　冗談でしょ？」

「いいや」彼は笑い声をあげて、わたしを抱く腕に力をこめた。

それでも、ギデオンはとてもギャンブラーには見えない。ママの二番目の夫のおかげで学んだのは、ギャンブルをつづけているとひどく不快でたちの悪い病気になって、自制心がすっかり失われかねない、ということだ。とにかく、ギデオンみたいに自制心の塊のような人が、あんな運やチャンスまかせのことに魅力を感じるとは、どうしても思えなかった。

そして、ふと思いついた。「あなたは、人の手の内を読むのが得意だものね」

「カードをやっているときもそうだった」と、同意する。「もうやらないよ。トランプ台での出会いも、稼いだ金に劣らず役に立ったけどね」

いま耳にしたことを受け入れようとしたもののうまくいかず、しばらく忘れることにした。「あなたとトランプはやらないことにするわ」

「負けたら一枚ずつ脱いでいくストリップ・ポーカーならおもしろいぞ」

「あなたにはね」

彼は手を下げて、わたしのお尻をつかんだ。「きみにもね。裸のきみを見たら、僕がどうなるか知っているだろう？」

わたしは、もの言いたげな目で、しっかり服を着ている自分の体を見下ろした。「裸じゃないときもね」

ギデオンが輝くような笑みを浮かべた。まるで悪びれたところのない、目もくらむような笑顔。

「ギャンブルはいまもしてるの？」

「毎日賭けているよ。仕事ときみにだけ」

「わたしに？　わたしたちの関係に？」

彼のやわらかな視線がわたしの顔をとらえる。その目のなかに不意にあふれた愛情に、喉が詰まりそうなほどわたしは胸いっぱいになる。「きみは僕が冒す最大の危険だ」彼の唇がそっと唇に重ねられる。「そして、最高の報いだよ」

月曜日の朝、仕事に取りかかったら、ようやくすべてがコリーヌ以前の自然なリズムにもどったのを感じた。ギデオンとわたしは、わたしが生理中の付き合い方を模索中だった。たがいに、これまでの異性関係ではとくに問題ではなかったけれど、いまのわたしたちにとっては大問題だ。セックスは彼の思いをわたしに伝える手段だから。彼は言葉で言えないことを体で語ることができて、彼にたいするわたしの性欲はふたりの関係を信じている証《あかし》であり、彼がわたしとのつながりを実感するには欠かせない。

わたしは彼に、愛していると何度でも言えるし、言えば彼が心を動かされるのも知っている。でも、わたしが完全に体をゆだねなければ――わたしの過去が原因で、信頼をあらわにすることにはとても重要な意味がある――彼はその言葉を心からは信じられない。

以前、彼が話してくれた。長年のあいだに〝愛してる〟と言われたことは多くても、事実や信頼や誠実さに裏付けされていないから、まったく信じていなかった、と。彼にとってあまり意味のある言葉ではなく、だからこそ、彼はそれをわたしに言うのを拒む。それでわたしがどれだけ傷ついているか、彼には見せないようにしている。これからも彼といっしょにいるなら、慣れなければいけないことなのだと思う。

「おはよう、エヴァ」

顔を上げたら、ブースの横にマークが立っていた。ちょっとだけ左右非対称な彼の笑顔にはいつも癒される。「おはようございます。いつでも仕事にかかれますよ」

「まず、コーヒーだ。おかわりをどうだい？」

デスクの上の空のマグをつかみ、立ち上がる。「もちろん」

ふたりで休憩室へ向かった。

「日に焼けたみたいだね」わたしの全身をざっと見て、マークが言った。

「ええ、週末にちょっとお日様を浴びてきたんです。ぐうたらして、なにもしないのは最高。ほんとうに、わたしのいちばん好きなことかもしれないわ。それだけの話ですけど」

「うらやましいね。スティーヴはじっと坐っているのが苦手でね。いつも、どこかでなにかをしようと、私を引っ張りまわす」

「わたしのルームメイトも同じです。あちこち走りまわっていて、見ているだけで疲れちゃう」

「そうだ、忘れる前に言っておこう」先に休憩室に入るようにと、マークがうながした。「ショーナがきみに連絡を取りたがっている。新しいロックバンドかなにかのチケットを手に入れたらしい。きみがほしいかどうか、知りたいんじゃないかな」

前の週に会った、すてきな赤毛のウェイトレスを思い浮かべた。スティーヴの妹で、スティーヴはマークの長年のパートナーだ。男性ふたりは大学で出会い、それ以来ずっといっしょにいる。わたしはスティーヴが大好きだ。だから、まちがいなくショーナのことも好きになるはず。

「わたしが彼女と親しくなってもかまいませんか？」一応訊かなければならない。彼女は――事実上――マークの義理の妹で、マークはわたしのボスなのだから。

「だいじょうぶだとも。心配いらない。なんでもない、ふつうのことだ」

「わかりました」と、にっこりする。ニューヨークではじまったばかりの暮らしに、あらたな女友だちが加わればうれしい。「ありがとうございます」

「コーヒーで感謝してほしいな」彼は言い、戸棚からマグを取り出してわたしに渡した。

「私よりきみが淹れたほうがおいしいんだ」

思わず彼を見た。「パパも同じことを言うわ」

「だったら、ほんとうにちがいない」

「男性がよく使う手にちがいないです」言い返した。「どちらがコーヒーを淹れるか、スティーヴとどうやって決めるんですか?」

「コーヒーは淹れないんだ」マークはにっこり笑った。「うちの近くの角に〈スターバックス〉があるからね」

「それはずるだって言うのもありだと思うけど、まだカフェインが足りなくて頭がうまくまわらないわ」わたしはコーヒーの入ったマグを彼に渡した。「だから、たったいま思いついたアイデアも伝えないほうがいいですよね」

「言ってごらん。ほんとうにお粗末なものなら、一生、それをネタにからかってあげよう」

「うわ。感謝します」わたしは両手で包み込むようにマグを持った。「ブルーベリー・コーヒーを紅茶みたいなイメージで売るのはどうでしょう？　ええと、ソーサーと揃《そろ》いのきれいな更紗《サラサ》模様のティーカップにコーヒーを入れて、背景にスコーンと添えられた生クリームが見えているとか？　昼下がりに楽しむ高級おやつ、みたいに扱うのはどうですか？　それを、うっとりするほどハンサムなイギリス人男性が口に運ぶっていうのは？」

マークは唇をすぼめて考えた。「気に入ったよ。クリエーターに意見を聞きにいこう」

「ラスベガスへ行くって、どうしておしえてくれなかったの？」

ママのいらだちと不安の混じった甲高い声。わたしは密かにため息をつき、デスクの電話の受話器を握りなおした。デスクにもどってきて椅子にお尻をついたとたん、電話のベルが鳴ったのだ。留守電にも、ママからのメッセージが一件か二件、残されているのだろう。なにか気になることがあると、放っておけない人だから。「ハイ、ママ。ごめんなさい。昼休みに電話をして、話すつもりだったのよ」

「ベガスは大好き」

「そうなの？」ちょっとでもギャンブルに関係するものは嫌いかと思っていた。「知らなかったわ」

「訊いたら知っていたはず」

息が漏れるような声がどこか悲しげで、思わず顔をしかめた。「ごめんなさい、ママ」と、繰り返す。何度も謝るとママには効果があると学んだのは、まだ子どものころだ。「ケアリーとのんびりする時間が必要だったの。でも、ママが行きたいなら、またベガス旅行の計画を立てましょう」

「楽しいことになると思わない？　あなたとうんと楽しみたいわ、エヴァ」

「わたしもよ」視線がママとスタントンの写真に向かう。ママはきれいで、あふれ出るはかなげな色気に男性たちはめろめろになる。はかなさは本物だ――いろいろな面でママは弱い――けれど、男好きな悪女でもある。男性に利用されることはなく、ママのほうが男性を踏み台にする。

「なにかランチの予定がある？　どこかに予約をして、迎えに行ってもいいわよ」

「同僚を連れていってもいい？」朝、出社したとき、いっしょにランチをしようとメグミに誘われ、お見合いデートの話で楽しませてあげると言われていた。

「まあ、あなたがいっしょに働いている人に会えるなんてうれしいわ！」

しみじみと愛情がこみ上げて、口元がゆるんだ。ママにはしょっちゅううんざりするほど悩まされても、突きつめれば、その最大の原因はわたしを愛しすぎていることだ。ママの神経症の症状も加わって、たまらなくいらだたしい思いをさせられるけれど、それも、わたしへの最高の思いやりが引き起こす欠点なのだ。「オーケイ。十二時に迎えに来て。でも、一時間しかいっしょにいられないから、近くてすぐに食べられるところにしてね」

「まかせておいて。わくわくしてきたわ！　じゃ、あとでね」

メグミとママはおたがい、すぐに相手が気に入った。会ったとたんにメグミが、夢みるような見おぼえのある表情を浮かべるのがわかった。長年のあいだに、何度も見て知っている表情。モニカ・スタントンは驚くべき女性だ。典型的な美人で、これほど完璧な人がいるとは信じられず、思わずまじまじと見つめてしまうような女性だ。しかも彼女が選んで坐った、背もたれの大きな肘掛け椅子の青みがかった深い紫色は、ママの金髪とブルーの目をすばらしく引き立てていた。

ママは、メグミのファッション感覚に魅了された。わたしが服を買うときは、どちらかというとトラッドな既製服を選びがちで、メグミはというと、個性的な組み合わせや色づかいを好む。ママがわたしたちを連れていってくれたロックフェラーセンターに近い流行のカフェの内装が、まさにそんな感じだった。

店の雰囲気は『不思議の国のアリス』を思わせ、独特の形をした調度には金箔や宝石を思わせる鮮やかな彩りのベルベットが使われている。メグミが腰かけた長椅子の背もたれは極端に曲線を強調したデザインで、ママの肘掛け椅子の脚は怪物《ガーゴイル》だ。

「いったいどうして彼はこんなことしてるんだろうって、いまも考えているのよ」メグミが言った。「ほんとうに、まじまじと見つめちゃったわ。つまり、あんなにすてきな男性はお見合いデートみたいなさえないことをして、くすぶっているべきじゃないわ」

「さえないことだなんて、とんでもない」ママが反論した。「あなたに出会えて、なんて運がいいんだろうって思っているにちがいないわ」

「ありがとう！」メグミはママを見てにっこりした。「彼、ほんとうにセクシーなんです。ギデオン・クロス的ではなくても、セクシーなことに変わりはないの」

「そういえば、ギデオンは元気？」

ママは軽い気持ちで訊いたのではないと思った。わたしが子どものころに受けた虐待についてギデオンが知っていることを、ママは承知していて、それを重くとらえている。自分が暮らしている同じ屋根の下の出来事に気づかなかったことを、ママはなにより恥じていて、とてつもない罪悪感を抱えているのだ。そんな必要はまったくないのに。ママが知らなかったのは、わたしが隠したからだ。ネイサンに脅され、だれかに話したら恐ろしいことになると思いこんでいた。それでも、ママはギデオンに知られたことを心配していた。わたしがそうであるように、ギデオンもママを責めてはいないと、早く気づいてくれたらいいのに。

「忙しく働いているわ」と、答えた。「どんな感じかわかるでしょ。付き合いだしてから、わたしと過ごす時間が多くなってしまって、その分、いま忙しい思いをしてるの」

「あなたにはそれだけの価値があるのよ」

　パパがこちらに来ることをママに言いたい衝動に負けそうになり、わたしはごくりと水を飲んでこらえた。ギデオンは本気でわたしを思っていると、ママもいっしょになってパパを納得させてほしくても、そんな理由でなにか言うのは自分勝手すぎる。パパがニューヨークにいることに、ママがどんな反応をするかはまったくわからない。でも、いろいろ思い悩む可能性はかなり高く、そうなるとまわりのみんなが引っかきまわされることになる。よくわからない理由から、ママはパパとはいっさい接触したがらない。大人になって、パパと直接、連絡を取ったり会ったりできるようになってからは、よくママはパパに会ったり話をしたりしないでいられるものだと思ってしまう。

「きのう、バスの車体にケアリーのポスターがプリントされているのを見たわ」ママが言った。

「ほんとに？」わたしは背筋をぴんと伸ばした。「どこで？」

「ブロードウェーで。ジーンズの広告だったと思うわ」

「わたしも見たわ」メグミが言った。「彼が着ているものにはぜんぜん目がいかなかったけど。あの人はほんとうにすてき」

ふたりの会話を聞いて、わたしはほほえんだ。ママは男性をほめるのがうまい。彼らがママを崇拝するたくさんの理由のひとつがそれだ――ママは男性を気持ちよくさせる。男性への賞賛という点については、メグミもママに負けていない。

「歩いていても気づかれるようになったのよ」それは広告ポスターに採用されているからで、わたしといっしょに撮られたタブロイド紙のスナップ写真のせいじゃないのがうれしい。ゴシップ好きの人たちは、ギデオン・クロスの恋人がセクシーな男性モデルといっしょに住んでいるのが気になってしかたないのだ。

「もちろんよ」ママは、ほんの少し怒ったように言った。「やがてそうなるって、疑っていなかったでしょ?」

「願っていたのよ」と、訂正する。「彼のために。男性モデルは女性モデルほどは稼げないし仕事も多くはない、というのが悲しい現実だわ」それでも、ケアリーはなんとかして現実を打ち破ると期待していた。気持ちのうえでは、そうしないわけがないと思っていた。自分の外見をことさら高く評価することを学んだ彼に、失敗はありえないだろう、と。なにより恐れるのは、彼の仕事の選択が仇となって、わたしたちのどちらも耐えられないかたちで彼を苦しめることだ。

ママは〈ペレグリーノ〉(イタリア産ガス入りミネラルウォーター)にちょっと口をつけた。このカフェは、カカオを使ったさまざまなメニューが充実しているが、慎重なママは一日の摂取カロリーの一食当たりの配分を超えないように気を遣う。わたしはあまり気を遣わない。スープとサンドイッチのセットと、さらにデザートも注文してしまったから、あとで少なくとも一時間、よけいにランニングマシンを使わなければならない。いけないと頭でわかっていてもカカオの誘惑に逆らえないのは、生理のせいにしている。

「それで」ママがメグミにほほえみかけた。「お見合いデート君とはまた会うつもりなの？」

「会えればいいんですけど」

「ダーリン、運まかせにしてはだめよ！」

ママが男性を操縦するときの知恵を少しずつ披露しはじめ、わたしは椅子にゆったり身を沈めてふたりのやりとりを楽しんだ。女性はすべて、裕福な男性に溺愛《できあい》されて当然だと、ママは固く信じていて、そして、驚いたことに人生ではじめて、わたし以外の人の縁結びに励んでいた。わたしは、パパとギデオンが仲良くなれるかどうかは心配していても、その件についてママがどう感じるかはまったく心配していない。ママもわたしも、わたしはわたしにふさわしい男性と付き合っていると思っているけれど、その理由はまったくちがう。

「あなたのママってすてき」店を出る前にママが化粧直しに席を立ったとき、メグミが言った。「それに、あなたはママそっくりで、運がいいわ。自分よりセクシーなママを持つのって最低じゃない？」

笑いながら言った。「また三人で出かけなくちゃ。すごく楽しいし」

「ぜひそうしたいわ」

店を出ると、縁石沿いにクランシーとタウンカーが待っていた。わたしは、仕事にもどる前に歩いて、ランチのカロリーのいくらかでも消費したくなった。「歩いて帰るわ」と、ふたりに言う。「食べすぎちゃったから。わたし抜きで、ふたりは車で帰ってちょうだい」

「わたしも歩くわ」メグミが言った。「熱い空気に触れたいの。冷房の効いたオフィスにずっといると、肌が乾燥しちゃうから」

「わたしもいっしょに行くわ」と、ママも言った。

わたしは疑わしげにママの細いヒールを見た。でも、ママはハイヒールしか履かない人だ。たぶん、わたしがぺたんこの靴で歩くのと同じ感覚なのだろう。

マンハッタンでは平均的な足取り、つまり、目的地へ向かう着実なスピードでクロスファイア・ビルへもどる。そのあいだ、雑踏のなかを縫うようにして進むのはいつものことだけれど、ママが先頭を歩いていると、ほとんどまっすぐに進んでいける。ママを見ると、男性たちはうやうやしく脇によけてママを通して、その後ろ姿を視線で追う。

飾り気がなくてセクシーなアイスブルーのラップドレスに身を包んだママは、蒸し暑さを吹き飛ばすほどクールでさわやかだ。

クロスファイア・ビルももうすぐ、という角を曲がったとたん、ママが突然立ち止まり、うしろにつづいていたメグミとわたしはママの背中にぶつかってしまった。ママは前につんのめってよろめき、わたしが肘をつかんだのでかろうじてころばずにすんだ。

なにかにつまずいたのかしらと思って歩道を見たけれど、なにも見当たらないのでママを見上げた。ママは茫然《ぼうぜん》としてクロスファイア・ビルを見つめていた。

「やだ、ママ」通行人の流れにぶつからないように、ママを引っ張る。「顔が真っ青よ。暑さにやられちゃった？　めまいがする？」

「なに？」ママは片手で喉元を押さえた。見開いた目はビルに向けられたままだ。いったいなにを見たのだろうと、首を曲げてママの視線をたどった。

「ふたりとも、なにを見ているの？」メグミが尋ね、眉をひそめて通りの先を見た。

「ミセス・スタントン」クランシーが車を離れて近づいてきた。充分かつ控えめに距離を保ちながら、わたしたちのあとをついてきていたのだ。「なにかありましたか？」

「いまのを見――？」ママはクランシーのほうを向いて、訊きかけた。

「なにを見たの？」わたしが語気を強めて訊くと、クランシーはすばやく顔を上げ、プロの目つきで通りの先をくまなく探した。その隙のない強い視線に、背筋を震えが駆けのぼる。

「みなさんを、ビルまでお送りします」クランシーが静かに言った。

クロスファイア・ビルの入り口はまさに目と鼻の先でも、クランシーの口調のなにかが気になって反論できなかった。三人とも車に乗り込み、ママは助手席に坐った。

「あれって、なんだったの?」車を降りて、ひんやりしたビルのなかに入ると、メグミが訊いた。「あなたのママったら、幽霊を見たみたいだったわ」

「ぜんぜんわからない」でも、胃がむかむかした。

ママはなにかにおびえていた。それがなにか突きとめるまで、わたしは平常心ではいられない。

7

背中からまともにマットに倒れこみ、肺の空気が抜けた。茫然として、まばたきしながら天井を見つめ、大きく息をする。

パーカー・スミスの顔が視界に現れた。「これでは時間の無駄だ。ここでやるなら、ここにいてくれないと。百パーセントね。頭のなかは百万キロのかなた、というのじゃだめだ」

彼が差し出した手を握り、ぐいと引っ張られて立ち上がる。まわりでは、パーカーのクラヴ・マガの会員たち十数人が、きつい練習に精を出している。ブルックリンにあるスタジオは、さまざまな音と動きで活気にあふれている。

パーカーの言うとおりだった。わたしの思いはまだママから離れず、ランチからクロスファイア・ビルにもどったときのママの奇妙な反応はなんだったのだろうと考えつづけている。

「ごめんなさい」と、小声で言う。「気になることがあって」

パーカーが稲妻のように飛び出して、わたしの片方の膝にタッチしてから、何発か連続して肩を叩いた。「暴漢が襲いかかるとき、きみが警戒して身がまえるのを待ってくれると思う？」

体を低くしてかまえ、なんとか気持ちを集中させる。パーカーも身をかがめた。黒っぽいけわしい目がこちらをうかがう。きれいに剃った頭とカフェオレ色の肌が、頭上の蛍光灯の明かりを受けて光る。スタジオは倉庫を改装した建物で、経済的理由と雰囲気があるという理由から、がらんとしたまま使われていた。異常なくらい心配性のママと義父は、クラスに通うわたしの送り迎えをクランシーにさせる。現在、この一帯は再開発中で、わたしは活気があっていいと思うのに、ふたりにとっては心配なのだ。

またパーカーが攻撃をしかけてきたので、ブロックした。さらに、すばやく激しいタッチングがつづき、すべての思いを頭から締め出して集中してトレーニングを終え、家に帰った。

それから一時間ほどしてギデオンがやってきたとき、わたしはバスタブに浸かり、ヴァニラの香りのキャンドルに囲まれていた。いっしょに入ろうとして、彼が服を脱ぎはじめる。髪が濡れているから、個人トレーナーと汗を流したあと、シャワーを浴びたはずなのに。服を脱いでいる彼から目が離せない。皮膚に包まれた筋肉の伸縮と、体の動きにつれてにじみ出る優雅さに、ほっとするような心地いい感覚が体をすべり抜けていく。

彼は楕円形《だえんけい》の深いバスタブをまたいでわたしの背後に坐り、わたしの両脚をはさんで、長い脚をにゅーっと伸ばした。両腕を背後からわたしに巻きつけて、驚いたことに、持ち上げて引き寄せた。わたしは彼の膝に坐って、両脚を彼の脚にひっかける形になった。

「僕に寄りかかって、エンジェル」と、ささやく。「きみを感じたい」

うれしくてため息をつき、彼の力のみなぎる硬い体に沈んで、すっぽり包まれる。すべてをゆだねたら、痛む筋肉がゆるんで、いつものように彼の思いのままに触れられるのを待ちかまえる。こんな瞬間が大好きだ。まわりの世界も、パニックを引き起こす引き金もはるか遠くにある今が。彼がわたしに口に出しては伝えてくれない愛を感じられる瞬間が。

「またアザができたのを温めてる？」頬をわたしの頬に当てて、彼が訊いた。

「わたしが悪いの。ほかのことを考えていたから」

「僕を思っていた？」ネコが喉を鳴らすように言い、わたしの耳に鼻をすり寄せる。

「だといいけど」

彼は一瞬体の動きを止めて、話を変えた。「なにを悩んでいるのか、話してごらん」

彼が苦もなくわたしの気持ちを読み取り、すばやく働きかけ方を修正してやりなおすのが大好きだ。そんな彼のために、わたしも順応力を発揮したい。ほんとうに、世話がやけるふたりの関係には柔軟性が欠かせない。

彼の指に指をからめて、ランチのあとのママの奇妙な行動について話した。

「そっちを見たら、パパかだれかがいるんじゃないかと思ったわ。それで、思ったんだけど……ビルの前を監視するセキュリティカメラがあるわよね？」

「もちろん。見てみよう」

「どんなに長くても十分以内のことだと思う。なにが起こったのかわかるかもしれないし、とにかく見てみたいの」

「まかせておいて」

わたしは頭をうしろにかたむけ、彼の顎にキスをした。「ありがとう」

彼の唇がわたしの肩先に押しつけられる。「エンジェル、きみのためならなんだってやるよ」

「過去を語ることも含めて？」彼が体をこわばらせたのがわかり、頭のなかで自分を蹴飛ばした。「いますぐ、というんじゃないわ」急いで言い添える。「でも、いつかね。そういうときがくるって、それだけ言ってほしい」

「あした、いっしょにランチをしよう。僕のオフィスで」

「そのときに話してくれるの？」

ギデオンは荒々しく息を吐いた。「エヴァ」

わたしはそっぽを向き、彼から離れた。はぐらかされて空しかった。バスタブの縁に手を伸ばして、ほかのだれよりつながっていると感じさせられる一方で、ありえないくらい遠くに感じる男性から逃れようとする。いっしょにいると頭が混乱するばかりだ。ついさっきまで確信していたことを疑うようになる。そんなことの繰り返しだ。

「もう済んだから」そうつぶやいて、いちばん近くのキャンドルを吹き消した。ねじれて昇り、消えていく煙は、愛する男性を理解しているという思いと同じで、実体がない。

「出るわ」

「だめだ」彼は両手でわたしの胸を包んで、引き止めた。ふたりのまわりで湯が波打つ。わたしの気持ちに劣らず、激しく揺れる。

「放して、ギデオン」彼の手首をつかんで、手を引きはがそうとする。

彼がわたしの首に顔を埋め、しがみついてきた。「いつか話せるときがくる。いいかい？　ただ――。きっとそういうときがくる」

気持ちがしぼんだ。最初に尋ねたとき、答えを聞いて勝利感に浸りたいと願っていたが、そんなものはほとんどなかった。

「今夜はもう終わりにしないか？」なおもしがみついたまま、彼はうなるように言った。「すべて、一時休止にしてくれないか？　ただきみといっしょにいたいんだ、いいかい？　デリバリーの夕食を家で食べて、テレビを観て、きみを抱いて眠りたい。そうしてくれるかい？」

なにか深刻な問題があることに気づいて、体をねじって彼の顔を見た。「どうしたの?」

「ただ、きみといっしょにいたい」

涙がこみ上げ、目の奥が痛い。彼がわたしに話さないことがまだある。たくさんある。わたしたちの関係は、語られない言葉と分かち合えない秘密の地雷原へと、みるみる変わりつつある。「いいわ」

「どうしてもそうしたいんだ、エヴァ。きみと僕で穏やかに過ごしたい」彼の濡れた指先がわたしの頰をそっとなでた。「そうさせてくれ。お願いだ。キスをして」

うしろを向いて、彼の膝にまたがり、両手で顔を包みこんだ。顔をかたむけて最適な角度を探って近づき、唇を唇に押しつける。最初はやわらかく、ゆっくり、舐めて、吸う。下唇を歯ではさんで引っ張り、舌で舌を丹念にこすりながら、わたしたちの問題は忘れるようにと、なだめる。

「キスを、ちくしょう」うなるように言って、両手でわたしの背骨をはさみつけ、不安そうにもみほぐす。「愛していると伝わるように、キスを」

「愛してるわ」きっぱりと言い、息といっしょに彼に吹き込む。「愛さずにはいられない」

「エンジェル」彼はわたしの濡れた髪に両手を差し入れて、好みの角度に固定し、われを忘れてキスをした。

食事を終えると、ギデオンはベッドで仕事をした。ヘッドボードに寄りかかって、ラップデスク（膝の上にのせて使える、クッション付きテーブル）でコンピュータを操作していた。わたしはベッドの上に腹ばいになってテレビと向き合い、膝を曲げた脚を揺すっていた。

「この映画の台詞はすべて知ってるとか？」ギデオンは尋ね、『ゴーストバスターズ』に見入っているわたしの関心を自分に向けようとする。彼は黒いボクサーパンツだけはいて、ほかにはなにも身につけていない。

そんな彼――肩の力が抜けていて、気楽で、くつろいでいる――を見られるのはとても幸せだ。コリーヌはこんな彼を見たことがあるかしら、と思う。あるなら、また見たくてしかたがないだろう。わたしだって、こんな特権をなにがあっても失いたくないから。

「たぶんね」と、認める。

「で、それをすべて声に出して言わずにいられない？」

「問題あるかしら、エース？」

「ないよ」目が愉快そうにきらりと光り、口がカーブを描く。「何回観たんだい？」

「億兆回」腹ばいから膝を引き寄せ、両膝と両手をつく。「もっとほしい？」

翼を思わせる黒い眉が上がる。

「あなた〝鍵の神〟?（『ゴーストバスターズ』のズールに取りつかれたディナの台詞）」甘えた声で言い、這って近づいていく。

「エンジェル、そんな目で見られたら、きみが望むなんにでもなるよ」

半ば閉じた目で彼を見上げて、息の混じった声で訊く。「この体がほしい?」

彼はにやりとして、ラップデスクを脇に置いた。「もちろん、いつだって」

彼の両脚にまたがり、上半身にしがみつく。両腕を彼の肩に巻きつけて、うなるように言った。「キスして、下等動物」

「ここでその台詞はないだろう。娯楽の神の僕はどうなった? いまは下等動物《サブクリーチャー》かい?」

コックの硬い盛り上がりに股間を押しつけ、腰をくねらせる。「わたしが望むなんにでもなるって言ったでしょう?」

ギデオンはわたしの胸郭を両側からつかみ、頭をのけぞらせた。「なにがいい?」

「わたしのもの」彼の喉に歯を立ててそっと噛む。「ぜんぶわたしのもの」

息ができない。叫ぼうとしたけど、なにかに鼻の穴をふさがれている……口も覆われている。漏れるのは甲高いうめき声だけで、助けを求める必死の叫びは、心のなかにとらわれたままだ。

どいて。やめて! 触らないで。ああ、もう……お願いだから、そんなことしないで。

ママはどこ？　ママー！

ネイサンの手がわたしの口を覆い、唇を押しつぶしてくる。重い体にのしかかられて、頭が枕に沈みこむ。わたしが抵抗して暴れれば暴れるほど、彼は興奮する。まさに獣のようにはあはあ息をしながら、押しつけてくる。何度も何度も……彼のものをわたしに押し込もうとする。パンティがそれを阻み、数えきれないほど耐えてきた身も裂けるような痛みからわたしを守っている。

わたしの気持ちを読み取ったように、彼が耳元でうなった。「まだ痛くないだろう。でも、これからだ」

わたしは凍りついた。はっと気づいて、氷水を浴びせられた思いだった。この声は知っている。

ギデオン。まさか！

耳のなかで血流がとどろく。内臓全体に不快感が広がった。口のなかに酸っぱいものがこみ上げる。

もっと悪い。ずっと悪い。わたしをレイプしようとしているのが、わたしがだれよりも信頼している人だなんて。

恐怖と怒りが一気に混じり合う。頭がはっきりしたとたん、パーカーが怒鳴るように指示するのが聞こえた。基本技はおぼえている。

わたしは愛する男性に襲いかかった。自分の悪夢をぞっとするようなかたちでわたしの悪夢と混ぜ合わせてしまう男性に。わたしたちはともに性的虐待を乗り越えてきたけれど、夢のなかで、わたしは被害者のままだ。彼は夢のなかで攻撃者になり、自分が味わったのと同じ苦痛と屈辱を虐待者に味わわせようと躍起になる。

固めた指先をギデオンの喉に突き当てる。彼は毒づいて体を起こし、横を向いた。さらに、股間に膝を突き当てると、彼は二つ折りになってわたしから逃れた。わたしはベッドから下りようとして体を回転させ、そのままドサッと床に落ちた。あわてて立ち上がり、廊下につづく扉に突進する。

「エヴァ！」彼が息を切らして呼んだ。目が覚めて、眠っているあいだになにをやりかけたか気づいたのだ。「ちくしょう。エヴァ。待ってくれ！」

わたしは廊下に飛び出し、居間へ走りこんだ。

暗い部屋の片隅へ行って、体を丸め、なんとか息をしようとする。わたしのむせび泣きがアパートメントじゅうに響く。膝に唇を押しつけたとき、寝室の明かりがついた。そのままじっとして声を殺していたら、永遠にも思える時間が過ぎて、ギデオンが居間に入ってきた。

「エヴァ？　ああ。だいじょうぶか？　きみを……傷つけてしまったか？」

〝非定型の性的睡眠時異常行動〟と、ドクター・ピーターセンは呼んだ。ギデオンの根深い精神的トラウマの表れだという。わたしに言わせれば地獄だ。そこにふたりははまりこんでいる。

彼の姿がさまざまなことを語っていて、胸がつぶれそうになった。いつもは身のこなしも自信に満ちているのに、いまは挫折感に打ちひしがれて、肩も力なく下がって、顔もうつむいている。彼は服を着て、一泊旅行用のバッグを持っていた。朝食用カウンターの横で立ち止まる。わたしがなにか言おうと口を開けたそのとき、石造りのカウンターになにか金属が当たるカチャンという音がした。

前回、わたしは彼を引き止めた。うちにとどまらせた。今回は、そういう気持ちになれない。

今回は、出ていってほしかった。

かろうじて耳に届いた正面扉にロックがかかる音が、体じゅうに響いた。わたしのなかのなにかが死んだ。どうしようもない焦燥感がこみ上げる。彼が行ってしまったとたん、恋しくなる。彼にここにいてほしくない。でも、出ていってほしくない。

部屋の隅にどれだけ坐っていたのかわからない。やがて、どうにか立ち上がって、ソファに坐った。夜が明けて、暗い空が白みかけたのをぼんやり感じていたら、遠くでケアリーの携帯が鳴った。ほどなく、彼が居間に駆け込んできた。

「エヴァ！」すぐにわたしを見つけて目の前にしゃがみ、両手をわたしの膝にのせた。

「どこまでやられた?」

彼を見下ろして、何度かまばたきをした。「なに?」

「クロスから電話があった。また悪夢をみたと言っていた」

「なにもなかったわ」熱い涙が頬を伝った。

「なにかあったようにしか見えない。まるで……」

わたしが手首を握ったとたんに彼は毒づき、勢いよく立ち上がった。「わたしはだいじょうぶだから」

「ちくしょう、エヴァ。いまみたいなきみは見たことがないよ。耐えられない」彼はわたしの隣に坐り、肩を抱いて引き寄せた。「もうたくさんだ。あんなやつ、捨ててしまえ」

「いまはまだ決められないわ」

「なにを待ってるんだよ?」わたしの体を自分から引き離して、にらみつける。「これからもずっと待ちつづけて、そうなると、たんなるうまくいかなかった関係では終わらず、一生、苦しめられることになるんだぞ」

「わたしが見放したら、彼にはだれもいなくなるの。そんなの――」

「それはきみが心配することじゃない。エヴァ……こんちくしょう。きみに彼を救う義務はないんだ」

「それは――あなたにはわからないのよ」両腕を彼の体に巻きつける。さらに、肩に顔を埋めて、泣いた。「わたしは彼に救われているの」

朝食用カウンターに、ギデオンが持っていたわたしのアパートメントの鍵があるのを見て、わたしは吐いた。かろうじて間に合って、シンクに。

胃が空っぽになったら、たとえようのない苦しみに取りつかれて、立ち直れなくなった。カウンターの縁にしがみついて、汗をにじませながらあえぎ、激しく嗚咽《おえつ》しつづけ、きょうの残り時間どころか、あともう五分も生きていられないのではと思った。もちろん、残りの人生を生きられるはずもない。

前回、ギデオンに鍵を返されたとき、わたしたちは四日間、離れていた。同じように鍵を返されて、これが決定的な別れにならないとは考えられない。わたしはなにをしてしまったの？　どうして彼を引き止めなかったの？　なぜもっと話をしなかったの？　泊まってもらわなかったの？

スマートフォンがメールの着信を知らせた。よろめきながらハンドバッグに近づいて、ギデオンからでありますようにと祈りながら取り出す。彼はケアリーとはあれから三度、電話で話しているのに、わたしにはまだなんの連絡もくれない。

画面に彼の名前が見えて、甘く鋭い痛みに胸を貫かれた。

〝きょうはうちで仕事をする〟という内容だった。〝アンガスが正面で待っているから、会社まで乗っていくように〟

不安に襲われ、また胃が引きつった。ふたりとも、とてつもなく厄介な一週間を過ごしてきた。彼が投げ出すのも理解できる。理解はできても、冷たくて、油断のならない、内臓がひっくり返るような恐怖は振り払えず、両腕にさーっと鳥肌が立った。

震える指でメールを返した。〝今夜、会える？〟

返事はなかなか来なかった。じれったくて、イエスかノーかだけ返事をするように迫ろうとしたとき、返事があった。〝まだわからない。ドクター・ピーターセンの予約と、片づけるべき仕事もたくさんある〟

携帯を強く握りしめる。三度やり直して、やっと打てた。〝会いたい〟

こんなに待たされたことはないくらい、携帯は鳴らなかった。ほとんどパニック状態で固定電話に手を伸ばしかけたら、返信があった。〝調整してみる〟

ああ、だめだ……。涙でにじんで文字がよく見えない。彼はもう決めたのだ。心の奥の深いところで、わかってはいる。〝逃げないで。わたしは逃げない〟

永遠と思える時間が過ぎて、返信があった。〝逃げるべきだ〟

それから、具合が悪いので休むと会社に電話をしようかと思ったものの、しなかった。できなかった。数えきれないほど通った道だった。自己破滅的ないつものやり方を繰り返して、痛みを鈍らせるのがどんなに簡単かはわかっている。わたしは、ギデオンを失えば死んでしまうだろう。けれど、自分を見失っても死ぬことに変わりはない。踏みとどまらなければ。乗り切るのよ。切り抜ける。なんとかしのいでいく。一度に一歩ずつ。

そして、いつもの時間にベントレーの後部座席に乗り込み、アンガスの仏頂面を見たら不安は募ったけれど、そんな気持ちは心の奥に閉じこめ、自己防衛本能による自動操縦モードに切り替えて、これから乗り切らなければならない数時間にそなえた。

一日はぼんやりと過ぎていった。忙しく働いて、仕事に集中することでおかしくなりそうな自分を抑えていたものの、心ここにあらずという状態だった。昼休みは、なにか食べたり世間話をしたりするかと思っただけで耐えられず、使い走りをして過ごした。勤務時間後、もうちょっとでクラヴ・マガのクラスをさぼりそうになったけれど、最後までがんばって参加して、仕事と同様、気もそぞろで練習をこなした。とにかく前に進まなければならない。ひどく耐えがたい結果が待っているほうに向かっているとしても。

「ましだね」休憩時間にパーカーが言った。「まだぼんやりしてるけど、ゆうべよりはましだ」

うなずいて、タオルで顔の汗をぬぐった。パーカーのクラスに通うようになったのは、もっぱら、それまで通っていたジムよりきつい運動をするためだ。でも、ゆうべの出来事から、身の安全が守れるというのは、たんなる便利な副産物以上だとわかった。

彼が水のボトルを持ち上げて口につけると、両方の腕にぐるりと入れたトライバル・タトゥーが縮んだ。彼は左利きなので、シンプルなゴールドの結婚指輪が照明を受けて輝き、目を引かれた。右手にはめているプロミスリングを思い出して、見下ろす。ギデオンがこれをくれたとき、ロープがからみ合ったようなゴールドのリングにはめこまれたダイヤの十字《クロス》は、わたしに〝しがみついている〟自分だと言ったのをおぼえている。まだそんなふうに思っているのかしら、と思う。しがみついてみる価値があると思っているのだろうか。それはだれにもわからない。

「準備はいい?」パーカーが訊き、空になったボトルをリサイクルの分別箱に放り込んだ。

「かかってこい」

パーカーはにやっとした。「そうこないとね」

パーカーには徹底的にやられたものの、ぼんやりしていたせいではない。ひとつひとつの動きにしっかり集中して、心地いい健康的なエクササイズで欲求不満を紛らわせた。かろうじて得たわずかな勝利に励まされて、困難だらけの関係を克服するためにも闘おうと決意した。ギデオンのために進んで時間を費やして、努力もして、勝つのだ。もっと好ましく、強い人間になって、ふたりの問題を乗り越えよう、と。そして、そのことを彼に伝えよう。彼が耳をかたむけてくれてもそうじゃなくても、かまわない。

クラスが終わると着替えをして、クラスメイトにさよならと手を振り、出口の扉のプッシュバーを押して、まだ暑い夕方の空気のなかに足を踏み出した。クランシーはすでに車を扉の前にまわして、よほどのまぬけにだったらのんきそうに見えるかもしれない姿で、フェンダーに寄りかかっていた。暑いのに上着を着て、携行した武器を隠している。

「腕は上がっていますか？」クランシーは背筋をぴんとさせ、車のドアを開けてくれた。わたしが知っているかぎり、彼の濃いブロンドはいつも短いクルーカットだ。そのせいもあって、とても堅苦しい人に見える。

「がんばってるわ」後部座席にすべりこんで、ギデオンの家で降ろしてほしいとクランシーに伝えた。渡されている合い鍵を使おうと決めていた。

車で向かうあいだに思った。ギデオンは予約していたとおりドクター・ピーターセンに会いに行っただろうか？　それとも、やめてしまった？　彼はただわたしのためだけに、個人カウンセリングを受け入れた。もうわたしと付き合う気がないなら、わざわざ出かけて行く理由はないと思うかもしれない。

ギデオンのアパートメントの建物の優雅で落ち着いたロビーに入り、フロントでチェックインする。彼の専用エレベーターに乗ってひとりになってはじめて、不安がこみ上げた。数週間前、彼はわたしを受入許可リストに入れてくれた。それは、ほかの人たちにとってはともかく、彼にとってもわたしにとっても、きわめて重要な意思表示だった。ギデオンの家は彼の聖域で、人に見せることはほとんどないから。わたしは唯一、そこでもてなされた恋人で、家事スタッフ以外で合い鍵を持っているのもわたしだけ。きのうのわたしなら、歓迎されることを疑いもしなかっただろう。でも、いまは……。

エレベーターを出たところのこぢんまりした待合いエリアは、市松模様の大理石のタイルで飾られ、アンティークのコンソールに白いカラーがたっぷり生けられてあった。

正面玄関の鍵を開ける前に深呼吸をして、どんな姿の彼を見てもだいじょうぶだと覚悟を決めた。前回、睡眠中にわたしを襲ったとき、彼は動転して打ちのめされた。同じことを二度繰り返した彼がどうなってしまったか、恐れずにはいられない。彼の睡眠時異常行動がもとでわたしたちが別れるかもしれないと思うと、ぞっとするばかりだ。

けれども、アパートメントに足を踏み入れたとたん、彼はいないとわかった。彼がいるときは空間全体でうなりをあげているエネルギーが、あきらかに感じられない。

広々とした居間に入っていくと、動きに反応する照明がつき、わたしはここの住人であるかのように、無理やり落ち着こうとした。廊下の先にわたしの部屋があり、そこまで行って戸口で立ち止まる。ギデオンの家に再現されているわたしの寝室を見て、なんとも言えない不思議な気持ちを味わう。壁紙の色も家具も敷物も見事に再現されているものの、そんなものがあるということがちょっと不気味だ。

そこはギデオンがわたしのために作った避難部屋で、ひとりになりたいときに逃げ込める。いまも、彼の部屋ではなくこの部屋を使うことで、ある意味、逃げているのだと思う。

エクササイズ用のバッグとハンドバッグをベッドの上に置いて、シャワーを浴び、ギデオンがわたし用に準備してくれたクロス社のTシャツに着替えた。彼がまだもどらない理由は考えないようにした。グラスにワインを注いで、居間のテレビをつけたら、スマートフォンが鳴りだした。

「もしもし？」表示を見ると、発信者は不明で、番号も見おぼえがなかった。

「エヴァ？　ショーナよ」

「あら、どうも、ショーナ」がっかりした声にならないように気をつけた。

「遅くにごめんなさいね」

携帯の画面を見ると、九時ちょっと前だ。不安に嫉妬が混ざり合う。彼はどこにいるの？「心配いらないわ。テレビを観ていたところよ」

「悪いわね、ほんとうはゆうべ、電話したかったのよ。急な話なんだけど、金曜日にシックス・ナインスのコンサートに行かないかなと思って、連絡したの」

「なんのコンサート？」

「シックス・ナインスよ。聞いたことない？　去年の終わりまでインディーズで活動していたバンドよ。わたし、ちょっと前から追いかけていて、先行予約のお知らせメールが届いたから、チケットを買ったの。問題は、わたしの知り合いはみんなヒップホップやダンスポップが好きだっていうこと。あなたが最後の頼みの綱っていうわけじゃないんだけど……そうね、頼みの綱だわ。あなたがオルタナティブ・ロックが好きだといいんだけど」

「オルタナティブは好きよ」携帯が、通話中の着信を知らせた。ケアリーからだとわかり、留守電で受けることにした。ショーナとの電話は長引かないだろうし、あとでかけなおせばいい。

「なんでわかったのかしらね、わたし？」ショーナは笑い声をあげた。「チケットは四枚あるから、だれか誘いたい人がいればそうして。六時に待ち合わせはどう？　先になにか軽く食べる？　ライブは九時からよ」

「すべて了解よ」と、答えたのとほぼ同時に、ギデオンが部屋に入ってきた。

出入り口のすぐ内側に立ち、腕に上着をかけて、ドレスシャツのいちばん上のボタンをはずしたまま、片手にブリーフケースを持っている。仮面のような無表情だ。わたしが彼のソファに寝そべり、彼のTシャツを着ているのを見ても、テーブルの上の彼のワインを注いだグラスと、つけっぱなしの彼のテレビを見ても、なんの感情も示さない。

頭のてっぺんからつま先まで、じろじろとわたしを見ても、美しい目になにも揺らめくものはない。求められていない気がして、急に気まずくなった。

「もう一枚のチケットのことは、あした、また連絡するわ」ショーナにそう言い、彼に怒られないように、ゆっくり体を起こしてソファに坐った。「声をかけてくれてありがとう」

「来てもらえてうれしいわ！　きっと楽しいことになるわね」

あした、また話をすることにして、電話を切った。そのあいだに、ギデオンはブリーフケースを床に置いて、ガラス製のコーヒーテーブルをはさんで両端に置いてある金色の椅子の一方の肘掛けに、上着を放ってかけた。

「ここにはいつから？」彼は尋ね、ネクタイの結び目を引っ張ってほどいた。

わたしは立ち上がった。追い出されるかもしれないという思いに、手のひらがじっとり汗ばむ。「ついさっきよ」

「食事は？」

首を振った。きょうは一日、ほとんどなにも食べられなかった。パーカーとの練習を乗り切れたのは、昼休みに飲んだプロテインドリンクのおかげだ。

「なにか頼んでくれ」彼はわたしの横を通り、廊下に向かった。「メニューはキッチンにある冷蔵庫のそばの抽斗だ。僕はさっとシャワーを浴びる」

「あなたもなにか頼む？」消えていく背中に訊いた。

彼は立ち止まらず、わたしを見もしなかった。「ああ。僕も食事はまだだ」

結局、地元のデリから、自慢のオーガニックのトマトスープと焼きたてのバゲット――これなら胃も受けつけるだろうと思った――を頼もうと決めたとき、また電話が鳴った。

「ハイ、ケアリー」電話に出て、つらい別れを目前にしているのではなく、彼と家にいたならどんなにいいかと思った。

「やあ、ついさっき、クロスがきみを探しにここへ来たよ。地獄へ堕ちて、帰ってくるな、って言ってやったよ」

「ケアリー」ため息をついた。彼は悪くない。彼のためなら、わたしも同じことをしただろう。「知らせてくれて、ありがとう」

「どこにいるの？」

「彼の家で、彼を待ってたの。いま、もどってきたわ、彼。遅くならずに帰れると思うから」

「さっさとやつを捨てるんだろ？」

「彼のほうがそうするつもりなんだと思う」

ケアリーは音をたてて息を吐き出した。「きみに心の準備ができていないのはわかるけど、それがいちばんいいんだ。できるだけ早く、ドクター・トラヴィスに電話するべきだよ。ドクターに全部話すんだ。考えを整理できるように、力を貸してくれるよ」

喉にこみ上げた塊をぐっと呑みこんだ。「わたし――そうね。たぶんね」

「だいじょうぶかい？」

「直接顔を合わせて終わらせるのは、少なくともほめられることだわ。大事なことよ」

わたしの手から携帯が奪い取られた。

ギデオンがわたしの目を見つめながら言った。「じゃあね、ケアリー」わたしの携帯の電源を切り、カウンターに置いた。彼の髪は濡れていて、黒いパジャマのズボンを腰に引っかけるようにしてはいている。その姿を見て、彼を失うと同時に失わざるをえないもの――息もできないような期待感と欲望、慰めと親密さ、こうしているのが正しいのだと感じて、すべてが価値あるものに見えてくるつかのまの感覚――を思い出して、ぎくりとした。

「デートの相手はだれ？」彼が訊いた。

「え？　ああ。ショーナが――マークの義理の妹よ――金曜のコンサートのチケットがあるから行こうって」

「なにを食べるか決めたかい？」

うなずき、腿までの長さのTシャツの裾を引っ張った。急に彼の目を意識して。

「きみが飲んでいるものを僕にも」彼はわたしの背後に手をまわして、カウンターに置いておいたメニューを手にした。「僕が注文しよう。なにがいい？」

ワイングラスがしまわれている戸棚へ移動できて、ほっとした。「スープ。皮の硬いパンも」

カウンターに置いてあったメルローのコルクを抜きながら、彼がデリに電話をするのを聞いていた。きっぱりとして、ちょっとかすれ気味のあの声が、はじめて耳にしたときから大好きだった。彼がトマトスープとチキンヌードルを注文したので、胸が詰まって痛くなった。なにも言わなくても、彼はわたしがほしいものを注文してくれた。ほかにも思いもよらず気づくことはたくさんあるものの、こういうことがあるたびに、わたしたちは同じ場所へ、いっしょに行き着く運命なのだと感じてしまう。それまでつづけば、という話だけれど。

ワインを注いだグラスを渡して、彼が一口飲むのを見つめる。疲れているようだ。わたしと同じで、彼も一睡もしていないのだろうか。

彼はグラスを下げて、唇についたワインを舐めた。「きみを探して、家まで行った。ケアリーに聞いただろうが」

わたしは痛む胸をさすった。「ごめんなさい……そのことと、これも――」着ているTシャツを示す。「だめね。なにも考えないで動いてしまうから」

彼はカウンターに寄りかかり、足首を交差させた。「つづけて」

「あなたは家にいると思ったの。まず電話するべきだったわね。あなたがいないなら、出直せばいいのに、わがもの顔で居すわったりして」鋭い痛みを感じて、目をこする。「わたし……こんなことになって、混乱しているの。まともにものが考えられないのよ」

彼は胸をふくらませ、大きく息を吸い込んだ。「僕が別れ話を切りだすのを待っているなら、もう待たなくていい」

倒れそうになり、調理台をつかんだ。それだけなの？　それで終わり？

「僕にはできないから」こともなげに言う。「きみを手放すとさえ言えない。きみはそのためにここにいるとしても」

なんですって？　意味がわからず、顔をしかめる。「あなた、うちの鍵を置いていったわ」

「返してほしい」

「ギデオン」閉じた目から涙があふれ、頬を伝う。「最低よ」

その場を立ち去った。わたしの寝室を目指して、足早に、ちょっとだけ飲んだワインのせいではなく、かすかによろめきながら歩いていく。

戸口を抜けかけたとき、彼に肘をつかまれた。

「なかまでは追いかけない」彼は身をかがめ、わたしの耳元でぶっきらぼうに言った。「そういう約束だった。でも、頼むからなかに入らず、話をしてほしい。せめて、聞いてほしい。せっかく、ここまで来て――」

「あなたに渡したいものがあるの」喉の奥が詰まって、言葉がうまく出てこない。

彼が手を放したので、急いでハンドバッグのところまで行く。振り返って、訊いた。

「わたしと別れるつもりで、カウンターに鍵を置いていったの？」

彼の体が戸口をふさいでいた。万歳をするように両手を上げて、拳が白くなるほど強く扉の枠を握っている。わたしを追ってしまいそうな自分を、腕ずくで阻んでいるかのようだ。その体勢でいる彼の体はいっそう美しく、筋肉の輪郭がはっきり見える。パジャマのズボンの紐《ひも》はかろうじて腰骨に引っかかっている。彼がほしいという思いが、息を吸い込むごとに募った。

「そこまで先のことは考えていなかった」と、彼は認めた。「身の危険はないと、きみに安心してほしかっただけだ」

わたしは、手のなかのものをぎゅっと握りしめた。「あなたはわたしの心を引き裂いたのよ、ギデオン。あそこに鍵が置いてあるのを見てわたしがどうなったか、あなたにはわからないのよ。どれだけわたしを傷つけたか。わからないんだわ」

彼はきつく目を閉じ、頭を下げた。「まともに頭が動いていなかった。正しいことをしていると思っていた――」

「冗談じゃないわ。騎士道精神だかなんだか知らないけど、勘弁して。もう二度とやらないで」声がきつくなる。「はっきり言わせてもらうわ。こんなに本気になることはなかったくらい本気で言う——今度、わたしに鍵を返したら、ふたりはもう終わりよ。二度と元にはもどらない。わかった？」

「わかった、よくわかった。きみがわかっているかどうかは、たしかじゃないが」

わたしは震える息を吐き出した。彼に近づく。「手を出して」

左手は扉の枠を握ったまま、右手を下げて、わたしのほうへ差し出す。

「うちの鍵をあなたに渡したことは一度もないのよ。あなたが持っていっただけ」両手で彼の手を包み込み、手のひらにプレゼントを置いた。「今度は、わたしからあげるわ」

後ずさりをして、彼から手を離す。彼は、イニシャルの組み合わせ文字のついた光り輝くキーホルダーと、わたしのアパートメントの鍵を見下ろした。これは彼のもので、進んで贈られたのだと伝えるには、こうするのがいちばんだと思った。

彼は指を折り曲げて、わたしからの贈り物をしっかり握りしめた。しばらくして、わたしを見上げる彼の顔は涙に濡れていた。

「やめて」と、ささやく。また胸が張り裂けそうだ。両手で彼の顔を包み込んで、親指で頰骨をぬぐう。「お願い……泣かないで」

ギデオンはわたしを抱き寄せ、唇に唇を押しつけた。「どうやって別れたらいいのかわからないんだ」

「シーッ」

「僕はきみを傷つけてしまう。もう傷つけている。きみにはもっとふさわしい――」

「黙って、ギデオン」彼によじ登るようにして、両脚を腰に巻きつけてしがみつく。

「きみがどんなふうだったか、ケアリーに聞かされた……」彼はガタガタ震えだした。

「僕になにをされているのか、きみはわかっていない。僕はきみを壊しているんだ、エヴァ――」

「それはちがうわ」

彼は床にがっくり膝をつき、わたしをきつく抱きしめた。「こんな関係に引き込んだのは僕だ。いまは見えていないが、きみには最初からわかっていたんだ――僕がきみになにをするか、それでも、きみが逃げるのを許さないことも」

「わたしはもう逃げないわ。あなたがわたしを強くしたの。あなたが、もっとがんばる理由をくれたのよ」

「ばかな」彼は取りつかれたような目をしていた。両脚を投げ出して床に坐り、さらに強くわたしを抱きしめる。「ふたりともひどい傷を負っていて、僕はすべてのやり方をまちがっていた。こんなことでは、ふたりで殺し合うことになる。なにも残らなくなるまで、たがいを引き裂いてしまう」

「やめて。そんなばかみたいな話は聞きたくない。ドクター・ピーターセンのところへは行ったの？」

　彼は頭をのけぞらせて壁に押しつけ、目を閉じた。「行ったよ、こんちくしょう」

「ゆうべの話をしたの？」

「した」ぐいと歯を食いしばる。「そうしたら、ドクターは先週と同じことを言ったよ。僕たちは深くかかわりすぎている、たがいに溺れている、と。少し離れる必要がある、というのがドクターの考えだ。プラトニックなデートをして、べつべつに寝て、ふたりきりではなく、ほかの人を交えて会う機会を増やすべきらしい」

　それがいいだろう、とわたしは思った。そのほうが健全で、長く付き合う可能性も高くなるだろう。「べつの方法があればいいのに」

　ギデオンは目を開けて、わたしのしかめっ面を見つめた。「僕もまさにそう言った。前と同じだ」

「ほんとうに、どうしようもないふたりよね。でも、どんな関係にも問題はあるのよ」

　彼が鼻を鳴らした。

「ほんとうに」と、さらに言う。

「僕たちはべつべつに寝る。たいした進歩じゃないか」

「べつべつのベッドなの？　それとも、べつべつのアパートメント？」

「ベッドだよ。それが耐えられる限界だ」

ふたりでいられることに心から感謝した。「なんとかできる。いまのところは」

「わかったわ」ため息をついて、彼の肩に頭をのせる。彼が腕のなかにいて、こうして
彼の喉が動いて、ごくりと唾を飲みこんだ。「ああ、エヴァ。きみは家にいないと言われて、ケアリーに嘘をつかれたのだと思った。きみが僕に会いたくないだけだ、と。それから、きみはどこか……べつの場所で暮らすつもりかもしれないと」

て――」わたしを抱く腕に力をこめる。「ここにもどって、きみがいるのを見
「あなたは、そんなに簡単にあきらめられる人じゃないわ、ギデオン」とてもあきらめられるとは思えない。彼はわたしの血だ。彼に顔が見えるように、背筋を伸ばす。

彼は右手を心臓の上に置いた。鍵を握ったまま。「これを、ありがとう」

「手放さないでね」ふたたび釘を刺す。

「僕にくれたことを後悔しないで」彼は額をわたしの額に押しつけた。温かい息が肌をかすめ、彼がなにかささやいたような気がしたけれど、聞こえなかった。

べつにかまわない。こうしてふたりいっしょにいるんだもの。長く、とんでもない一日を過ごしたいま、ほかに大事なことはなにもない。

8

寝室の扉が開く音がして、とくにおぼえてもいない夢が終わったけれど、実際に目が覚めたのは、うっとりするほどおいしそうなコーヒーの香りのせいだ。目を閉じたまま伸びをして、期待に胸をふくらませる。

ギデオンがベッドの端に腰かけ、そのすぐあとに、彼の指先がわたしの頰をかすめた。

「よく眠れたかい？」

「あなたがいなくて寂しかったわ。いい香りのコーヒーはわたしに？」

「いい子なら」

ぱっちり目を開ける。「でも、あなたは悪い子のわたしが好きだわ」

彼のほほえみはわたしをおかしくする。すでにたまらなくセクシーなスーツに着替えた彼は、ゆうべよりずっと元気そうだ。「僕といっしょのときに悪い子なのがいいんだ。金曜日のコンサートのことを聞かせて」

「シックス・ナインスっていうバンドよ。まだそれしか知らないの。行きたい？」

「行きたいかどうかは訊くまでもないだろう。きみが行くなら、僕も行く」

思わず眉を上げた。「そうなの？　わたしが訊かなかったら？」

彼は手を伸ばしてわたしの手を取り、プロミスリングをそっと回した。「それなら、きみも行かない」

「どういうこと？」わたしは髪をかき上げた。端整な顔の揺るがぬ表情を見て、上半身を起こす。「コーヒーをちょうだい。カフェインを投入しないと、あなたをやっつけられない」

ギデオンはにやりとして、マグを差し出した。

「そんな顔で見ないで」と、警告する。「あなたにどこかへ行くなって言われるのは、本気でうれしくないんだから」

「いまはロックコンサートの話をしているんだし、行くなとは言ってないよ。僕といっしょでなければだめだと言ったんだ。きみが気に入らないなら残念だが、それは譲れない」

「だれがロックだって言った？　クラシックかもしれないじゃない。ケルト音楽とか？ポップスかもしれない」

「シックス・ナインスは〈ヴィダール・レコード〉と契約している」

「あら」〈ヴィダール・レコード〉の経営者はギデオンの義父のクリストファー・ヴィダール・シニアで、ギデオンは会社経営の実権を握れるだけの株式を保有している。彼はどんな少年時代を送り、義父のファミリービジネスを乗っ取ることになったのだろう、と思う。そのいきさつはともかく、それが理由で、ギデオンの父親ちがいの弟のクリストファー・ジュニアは彼を毛嫌いするのだろう。

「インディーズ時代の彼らのライブをビデオで見た」彼はそっけなく言った。「ああいう危ない客のなかに、きみをひとりでやるわけにはいかない」

わたしはコーヒーを一口、がぶりと飲んだ。「わかったわ。でも、いちいちわたしに指図しないで」

「だめなのか？　シーッ」彼は指先でわたしの唇をふさいだ。「反論はいらない。僕は暴君じゃないよ。たまに心配はするかもしれないが、きみがそれを認めて、良識ある態度をとればいい」

「あなたが決めたことを理解して従うのが最良なの？」

「もちろん」

「そんなの大嘘」

彼は立ち上がった。「まだ起こってもいないことで、あれこれ言い争うつもりはないよ。金曜日の夜のコンサートに行かないかときみが尋ね、僕はイエスと答えた。口論するようなことはひとつもないだろう」

コーヒーをナイトスタンドに置いて、上掛けを蹴ってはねのけ、ベッドからすべり下りた。「わたしはわたしの人生を生きなきゃならないのよ、ギデオン。わたしでいられないなら、この関係はつづかない」

「僕だって、僕でいなければならない。歩み寄りを必要とされているのは、僕だけじゃないよ」

その一言がぐさりと胸に突き刺さった。彼はまちがっていない——わたしには、自分だけの時間や自由を彼に認められる権利があって、彼にも、いまのままの彼として理解される権利がある。彼も厄介な引き金を持っているという事実があるのだから、わたしも歩み寄らなければならない。「わたしが女友だちとクラブめぐりをして〝ガールズナイト〟を過ごしたいって言ったら？」

彼は両手でわたしの顎をつかんで、額にキスをした。「僕のリムジンを使って、僕の店だけまわるならいい」

「店の警備員にわたしをスパイさせられるから？」

「きみを見守るんだ」訂正して、わたしの額を唇でたどる。「そんなにひどいことかい、エンジェル？ 僕がきみから目を離せないのが、そんなに許せない？」

「話をすりかえないで」

彼はわたしの顔を仰向かせて、固い決意のにじむ、けわしい目で見下ろした。「きみがリムジンを使って、僕の店だけまわっても、僕はきみが帰ってくるまで、正気ではいられない。そうやって僕が心配しすぎることで、きみがちょっとばかり正気を失いそうになるとしても、それはおたがいさま、ということじゃないのか？」

わたしはうなり声をあげた。「いったいどうやって、理不尽なことを理不尽じゃないように言いくるめられるの？」

「天賦の才能だよ」

とても形がよくて、とても硬い彼のお尻をつかみ、ぎゅっと力をこめる。「あなたの天賦の才とやり合うには、もっとコーヒーを飲まなくちゃ」

いつのまにか決まりごとのようになり、水曜日はマークと彼のパートナーのスティーヴとわたしで、ランチに出かけた。マークが選んだこぢんまりとしたイタリアンレストランにマークと行くと、ショーナがスティーヴといっしょにウェイティングエリアで待っていて、胸を打たれた。マークとわたしは仕事上の結びつきがとても強いものの、同時に個人的な関係も築いていて、わたしはそれをかけがえないものと思っている。

「こんがり日焼けしていて、すごくうらやましいわ」ジーンズに、飾りのたくさんついたタンクトップを着て、薄いスカーフをふわりと巻いたショーナは、くつろいだ感じで、とてもかわいい。「わたしは、日に当たると赤くなって、そばかすが増えるだけなの」

「でも、それだけ髪がきれいなら、関係ないじゃない」と指摘して、深みのある赤毛をうっとり見つめた。

スティーヴが、妹とまったく同じ色の髪を手で梳いて、にっこりした。「セクシーでいるには、いろいろ犠牲にしなくちゃならなくてね」

「わかったようなこと言うじゃない？」ショーナが笑いながら肩を突いたが、兄はぴくりとも動かない。彼女はアシのように細いけれど、スティーヴは大柄でがっしりしている。マークと話していてわかったのは、彼のパートナーは建築関係の仕事の現場で、率先して体を動かすタイプだということ。体格が良くて手が荒れているのも納得できる。

レストランに入ると、すぐに席に案内された。マークにランチの誘いを受けたときに予約をしておいてよかった。けっして広くはないけれど、なかなか魅力的な店だった。床から天井までの大きな窓から日の光が降り注ぎ、おいしそうな料理の匂いがして口のなかに唾があふれた。

「金曜日がすごく楽しみ」ショーナの淡いブルーの目が、待ち切れないと言いたげに輝いた。

「そうだよ、彼女はきみを誘ったんだ」スティーヴがそっけなくわたしに言った。「兄の僕じゃなくてね」

「ぜーんぜん、あなたが行くような場所じゃないわ」ショーナが言い返した。「人が多いところは嫌いでしょ」

「不快感のない個人空間が作れないといやなだけだ」ショーナはあきれたように目玉をまわした。「ときと場合によっては、大きな体も縮めなくちゃ」

ふたりの話から、ギデオンと彼の保護者体質を思い出した。「付き合ってる彼を連れていってもいい？」と、訊いてみた。「盛り下がっちゃうかしら？」

「ぜんぜん、そんなことないわ。その彼、コンサートに来てくれる友だちはいない？」

「ショーナ」マークはあきらかにショックを受けていた。しかも、不満げだ。「ダグはどうしたんだ？」

「彼がなに？　最後まで聞いてよ」ショーナはわたしを見て、説明した。「ダグはわたしの恋人よ。いまは夏休みでシチリアにいて、料理の研修を受けているの。彼、シェフなの」

「すてき」と、わたしは言った。「料理ができる男性は好きよ」

「いいわよね」ショーナはにっこりして、それから、マークをじろりとにらんだ。「彼はほんとうにちゃんとした人で、わたしもそれは知ってるわ。だから、あなたの彼の友だちで、付き合う可能性のない女性の隣の席を埋めてもいい、っていう人がいたら、連れてきて」

とっさにケアリーの顔が浮かんで、にやりとした。

でも、その日の夜になって気持ちは変わった。ギデオンとわたしは、それぞれ個人トレーナーとの充実したトレーニングを終えて、彼の家にもどっていた。わたしはソファで本を読もうとしたものの集中できず、立ち上がった。廊下を歩いて彼のホームオフィスへ向かう。

彼は作業中のモニターをしかめっ面で見つめ、すばやくキーボードを叩いていた。照明は、明るいモニターと壁に飾られた写真のコラージュを照らすピクチャーライトだけで、広い部屋の大部分は暗い。薄暗がりのなか、上半身裸で坐っている彼は美しく、孤独で、ひとりですべてが完結しているような力強さがにじんでいる。仕事中、手の届かない孤立した存在に感じられるのはいつものことだ。そんな彼を見ているだけで寂しくなる。

生理のせいで肉体的な接触ができず、さらに、べつべつに眠るというギデオンの理性的な決断のおかげで、わたしのいちばん深いところの不安はかきたてられ、しっかりしがみつきたい、なんとかして彼の関心を引きたいという思いが募った。

彼がわたしといっしょに過ごさずに仕事をしていても、いらだつべきではない――彼がどんなに忙しいかは知っている――のに、いらだってしまう。見捨てられたような気がしてみじめでたまらず、おなじみの悪いパターンに逆もどりしかけているのがわかる。簡単に言ってしまえば、ギデオンとわたしはおたがいにとって、これまでに起こった最高かつ最悪の出来事なのだ。

彼は顔を上げて、視線でわたしを身動きできなくさせた。彼の焦点が仕事からわたしへと移動していく。

「寂しい思いをさせているかな、エンジェル？」彼は尋ね、椅子の背に体をあずけた。

わたしは真っ赤になり、こんなに的確に気持ちを読まないでほしいと思った。「じゃまして、ごめんなさい」

「なにか必要になったら、いつでも僕のところへ来ないとだめだよ」キーボード用の抽斗を押し込み、目の前のデスクの上にできたスペースをぽんぽんと叩いて、椅子を引く。

「ここに坐って」

うれしさが体を駆けめぐる。はやる気持ちを隠しもせず、急いで近づいていく。彼の目の前のデスクにひょいと坐り、彼が椅子のキャスターをころがしてわたしの脚のあいだにおさまると、にっこりほほえんだ。

彼は両腕をわたしの腰にまわして、抱きしめた。「先に説明するべきだったね。この週末はしっかり休めるように、スケジュールを調整しているところなんだ」

「そうなの？」彼の髪に指先を差し入れる。

「しばらくのあいだ、きみを独占したい。たっぷり時間をかけて、きみとファックしたくて、もう、ほんとうに、どうしようもない。ずっとしていたいよ」わたしが触れているのを味わうように、目を閉じる。「きみのなかが恋しくてたまらない」

「いつもわたしのなかにいるのに」と、ささやく。

彼の口がカーブして、ゆっくりとよこしまな笑みが浮かび、目が開いた。「きみのせいで硬くなってきた」

「なにか変わったことがあった？」

「なにもかも」

わたしは眉をひそめた。

「そのことは、いずれまた」と、彼は言った。「とりあえずは、きみがやってきた理由を聞こう」

彼の謎めいた言葉が気になって、口ごもった。

「エヴァ」きっぱりした口調で、真剣に訊かれる。「なにが必要なんだ？」

「ショーナのデート相手。ええと……実際はデートじゃないわ。ショーナには彼がいて、でも、いまは海外にいるの。それで、四人なら男女二組で行ったほうがいいだろうということで」

「ケアリーには頼みたくないのか？」

「最初はそうも思ったけれど、ショーナはわたしの友だちでしょ。もうひとりは、あなたの友だちを呼びたいんじゃないかと思って。つまり、そのほうがバランスがいいような気がして」

「わかった。都合のいいやつを探してみよう」

言われてはじめて、彼がわたしの申し出を受け入れるとは思っていなかったのだと気づいた。

そんな思いが表情に表れたのか、彼が訊いた。「ほかにもなにかある？」

「あの……」自分がいま思っていることを、どうやったら笑われずに伝えられる？　わたしは首を振った。「ないわ。なにもない」

「エヴァ」厳しい声だ。「聞かせて」

「ばかみたいだから」

「頼んでいるんじゃないぞ」

わたしのなかをビリッと電流が走り抜けた。彼に命令口調で言われると、いつもそうだ。「あなたの人付き合いはもっぱら仕事関係で、たまに行き当たりばったりで女性を抱くだけだと思っていたから」

後半はとくに言いにくかった。言いがかりのようだし、どうしても過去の女性たちへの嫉妬がにじんでしまう。

「僕に友だちがいるとは思わなかった？」あきらかにおもしろがっている口調だ。

「紹介されたおぼえがないから」Tシャツの裾をつまみながら、口を尖《とが》らせて言った。

「そうか……」さらに楽しそうに言う。その目に笑いがはじけている。「きみは僕のセクシーでかわいい秘密なんだ。人前できみとキスをしている姿を自分から写真に撮られようとしたりして、いったい僕はなにを考えていたんだろう」

「そうだけど」視線を動かして、壁に貼られているそのときの写真を見る。何日間も、ありとあらゆるゴシップ・ブログに掲載されていた写真だ。「そんなふうに言われると……」

ギデオンは声をあげて笑い、その声が熱い喜びとなってわたしの体に広がっていった。

「ふたりで出かけたとき、友だちにきみを紹介したことも何度かある」

「そう」わたしたちが参加したイベントで出会った人はすべて、彼の仕事仲間だと思っていた。

「でも、きみを独り占めにするというのも悪くない」

じろりと彼を見て、わたしがアリゾナではなくベガスに行きたがって言い争った件を蒸し返した。「どうしてあなたは、裸でごろごろしながらファックされるのを待つほうになれないの？」

「それのどこがおもしろいんだい？」

両手で彼の肩を突くと、彼は笑いながらわたしをデスクから引き下ろして、膝にのせた。

彼の機嫌のよさは信じられないほどで、いったいなにがあったのだろうと思った。モニターにちらりと目をやっても、わけがわからない表と数字と、書きかけのメールしか見えない。それでも、彼はなにかがいつもとちがっていた。それが心地よかった。

「楽しいだろうね」唇をわたしの喉元に押しつけて、彼がつぶやいた。「股間を硬くしてごろごろしていて、きみがその気になるとまたがってくれる、というのは」

その光景が目に浮かんで、わたしの中心がぎゅっと締まった。「むらむらしちゃうわ」

「いいね。そういうきみが好きだ」

「じゃあ」と、考えながら言う。「あなたが二十四時間いつでもどうぞ、っていう状態でいるのがわたしの妄想だとして――」

「僕には現実に思えるけど」

彼の顎を軽く歯ではさんだ。

うなり声。「荒っぽいことをやってみたいかい、エンジェル？」

「あなたの妄想が知りたいわ」

ギデオンはわたしの体の位置を変えて、彼の膝にまたがらせた。「きみだ」

「もっとくわしく」

彼はにやりとした。「ブランコ《スイング》にのってる」

「は？」

「セックス・スイングだよ、エヴァ。きみの最高に形のいいお尻はシートの上で、左右の足は輪っかで固定され、脚は大きく広げられている。きみの完璧なカントは濡れて、うずうずしている」そう言いながら、小さく円を描くように、腰のくびれをさする。「きみはすっかり僕のなすがままだ。僕があたえる精液をすべて受け入れる以外、なにもできない。きっと気に入るよ」

わたしの脚のあいだに立っている彼を思い描いた。裸で、汗ばんだ体を光らせている。上腕二頭筋と胸筋を収縮させて、わたしを前後に揺すりながら、きれいなコックをなめらかに入れたり出したりしている。「わたしの自由を奪いたいのね」

「縛りたいんだ。実際に体を縛るのではないよ。内面に入りこんで縛ろうとしている」

「ギデオン――」

「きみの手に負えなくなるようなことはけっして求めない」と、彼は約束した。薄暗いなか、彼の目が熱くぎらついている。「でも、ぎりぎりまでは求める」

そこまで自由を奪われると思うと、ぞくぞく興奮すると同時に不安にかられて、思わず身をくねらせた。「なぜ?」

「きみは僕のものになりたがっていて、僕はきみを所有したいからだ。きっとそうなるよ」彼の手がシャツの下にすべりこんできて、胸を包み込んだ。指先が乳首をころがし、引っ張って、わたしの体に火をつける。

「やったことがあるの？」息をはずませながら訊いた。「そのスイングを」

彼の顔から表情が消えた。「そういう質問はしないでくれ」

ああ、ばか。「わたしはただ――」

彼の口に口をふさがれた。わたしの下唇を軽く噛み、それから、舌を口に差し込んでくる。髪をつかんで、彼の好きな角度に頭を固定しながら。どう考えても、支配的な振る舞いだ。欲求がどっとこみ上げ、どうしても彼がほしいという感覚をコントロールできないし、やり合う気も起きない。わたしは甘えて鼻を鳴らす。彼がそれだけの時間をかけ、努力をして、ほかのだれかに喜びをあたえようとしたかと思うと、胸が痛い。

ギデオンが両脚のあいだに手を突っ込んできて、股間を包む。その攻撃的な動きに驚いて、体がびくんと跳ね上がった。彼はなだめるような低い声を発して、わたしをもみほぐし、わたしが病みつきになってしまった見事な技を駆使して、やわらかい部分をこする。

そして、キスを中断して、腕を使ってわたしの背中をそらして、胸を持ち上げ、口をつけた。シャツの生地越しに乳首に歯を立て、そのあと、痛いほど尖った先端を唇で包んで、強く吸うと、わたしの芯が共鳴した。

わたしはもうめろめろで、欲望がこみ上げるたび、脳がショートした。彼の指がパンティの縁からすべりこんで、クリトリスに触れる。肌が肌に触れる感覚こそ、わたしが求めていたものだ。「ギデオン」

彼は頭を上げ、欲望に翳《かげ》る目で、自分がいかせているわたしを見つめた。震えが体を走り抜け、わたしは声をあげた。張りつめたものが一気に解き放たれる感覚は、数日間の空白のあとではあまりに圧倒的で、耐え切れないほどだ。でも、彼はそれで終わりにはしなかった。わたしがまたいくまで性器をなでつづけ、やがて、全身ががくがくと恐ろしいほど震えだして、わたしはきつく両脚を閉じて彼の攻撃を阻んだ。

彼が手を引っ込めると、わたしは体に力が入らなくなった。ぐったりとして、肩で息をするばかりだ。彼に身をすり寄せて、喉元に顔を押しつけ、両腕を首に巻きつける。心臓が膨張してしまったような気がした。彼にたいする思いのすべて、苦しみと愛のすべてに押しつぶされそうだ。もっと彼に近づきたくて、爪を立てて引き寄せる。

「シーッ」彼はわたしをしっかり抱いて、息ができなくなるまで締めつけた。「きみはなんでもかんでも質問して、自分で自分の正気を失わせている」

「こんなのいやなの」わたしは小声で言った。「こんなにあなたを必要としてはいけないのよ。健全じゃない」

「そこがまちがっているんだ、きみは」耳の下で、彼の心臓が強く打っている。「その責任は僕にある。僕は、あることでは主導権を握り、べつのことではきみに主導権を譲った。そのせいできみは混乱して、不安になった。申し訳ないと思っているよ、エンジエル。でも、先に進めばもっと楽になる」

わたしは体を引いて、彼の顔をじっと見た。目が合うと、自信に満ちた視線がまっすぐ返ってきて、息を呑んだ。これまでとはちがう、と感じた――穏やかで揺るぎない安らかさがある。それに気づいて、わたしのなかのなにかが落ち着いた。乱れていた呼吸が静まり、不安が消えていく。

「かえってよかった」彼が額にキスをする。「このことは、週末まで待って話すつもりだったが、いま、こうして話せたから。僕たちはきっと納得し合える。そうなったら、もう引き返せない。わかるだろう？」

わたしはごくりと唾を飲みこんだ。「わかろうとしているわ」

「きみは僕がどういう人間か知っている。最悪の状態も見ている。ゆうべ、きみはとにかく僕がほしいと言った」わたしがうなずくのを待って、さらに言う。「そこで僕はへまをした。きみがみずから下した決断を信じなかった。信じるべきだったのに。信じなかったから、用心しすぎてしまった。僕はきみの過去におびえているんだ、エヴァ」

間接的ではあっても、ネイサンがわたしからギデオンを引き離そうとしているかと思うと苦しくてたまらず、自然と体が丸まってしまう。「彼なんかに影響されないで」

「されない。それから、すべてに関して、答えはひとつだけじゃないということに、きみは気づかなければいけないよ。きみは僕を求めすぎると、だれが言うんだ？　それは健全じゃないと言っているのはだれ？　きみじゃない。きみが幸せじゃないのは、自分を抑えているからだよ」

「男の人はそういうのは好きじゃ――」

「そんなのくそくらえ、だ。みんな、それぞれちがっている。それでいいんだ。きみを混乱させる頭のなかの声を消してしまえ。きみに必要なものは僕がわかっていると、信じてくれ。僕がまちがっていると思っても、ただ信じるんだ。欠点だらけの僕だが、そんな僕といっしょにいるというきみの決断を、僕も信じる。いいかい？」

下唇を噛んで震えているのを隠し、うなずいた。

「納得していないみたいだね」彼がやさしく言った。

「あなたに溺れて、自分を失ってしまいそうでこわいの、ギデオン。一生懸命に取りもどした部分を失ってしまうのが、こわくてたまらない」

「僕がそんなことにはさせない」きっぱりと約束してくれた。「僕が望んでいるのは、ふたりがともに安らかな気持ちになれることだよ。ふたりが分かち合うもので、僕たちが消耗させられることはない。それはたがいがたよりにできる確実なものでなければならない」

そのとおりだと思ったら、涙がこみ上げて、目の奥がつーんと痛くなった。「それがほしいわ」と、ささやく。「ほしくてたまらない」

「僕があげるよ、エンジェル」ギデオンは黒髪の頭を下げて、唇で軽くわたしの唇をかすめた。「ふたりがそれをつかめるようにする。きみも、そうできるようにさせてくれ」

「今週は以前より改善しつつあるようですね」木曜日の夜、予約したカウンセリングにやってきたギデオンとわたしを見て、ドクター・ピーターセンは言った。

今回、わたしたちは寄り添って坐り、手を握り合っている。ギデオンの親指に指の関節をなでられながら、わたしは彼を見てほほえむ。そんな触れ合いが気持ちを落ち着けてくれる。

ドクター・ピーターセンはタブレットPCのケースを開いて、椅子にゆったりと身をあずけた。「とくに話し合いたいことがありますか？」

「火曜日はつらかったです」わたしは静かに言った。

「そうでしょうね。では、月曜日の夜の話をしましょう。なにがあったか、話してもらえますか、エヴァ？」

悪夢にうなされて目を覚ましたら、ギデオンにのしかかられていた、と話した。その夜と翌日はずっと、彼とは距離を置いていた、と。

「では、ふたりはいま、べつべつに寝てらっしゃる？」ドクター・ピーターセンが訊いた。

「はい」

「悪夢ですが」――顔を上げてわたしを見る――「どのくらいの頻度でみますか？」

「めったにみません。ギデオンとデートしはじめる前にかぎれば、二年くらい前にみたのが最後です」ドクターはタッチペンを置いて、すばやくなにかタイプしはじめた。そのようすにどこか重苦しさを感じて、不安になる。「彼を愛しています」出し抜けに言ってしまった。

隣でギデオンが体をこわばらせた。

ドクター・ピーターセンは顔を上げて、じっとわたしを見た。ギデオンを見て、またわたしを見る。「疑ってはいませんよ。そう言う気になったのはなぜでしょう、エヴァ？」

まごつきながら肩をすくめた。横顔に、ギデオンの視線を痛いほど感じる。

「彼女はあなたに認めてほしいんですよ」ギデオンがつっけんどんに言った。

そう言われて、紙ヤスリで体をこすられたような気がした。

「そうなのですか？」ドクター・ピーターセンがわたしに訊いた。

「いいえ」

「ちがうものか」ギデオンの声にいらだちがはっきり表れている。

「ちがうわ」わたしはあくまで言い張った。彼にも声に出して言って、納得させてもらいたかったけれど。「わたしはただ……。ほんとうのことなの。わたしはそう感じている、っていうこと」

　ドクター・ピーターセンを見て、さらに言った。「わたしたちはうまくやっていかなければならないんです。かならずうまくやっていくわ」と、強調する。「ドクターも同じように考えてほしいと伝えたかっただけです。失敗は選択肢にないと、わかってほしかったんです」

「エヴァ」ドクターは穏やかにほほえんだ。「あなたとギデオンには乗り越えなければならないことがたくさんあっても、克服できないということは絶対にありません」

　ほっとして、思わずため息をついた。「彼を愛しています」わたしはもう一度言い、きっぱりとうなずいた。

　ギデオンがいきなり立ち上がり、痛いほどわたしの手を握りしめた。「ちょっとだけ失礼します、ドクター」

　どういうことかわからず、わずかな不安にかられて立ち上がり、彼についてだれもいない受付エリアに出た。ドクター・ピーターセンの受付係はもう帰宅していて、わたしたちはこの日の最後の予約客だった。ママの話では、このような夕方からの面談には割増料金がかかるらしい。週に一回ではなく二回のカウンセリング費用をギデオンが進んで支払ってくれるのは、とてもありがたい。

　診察室の扉が閉まり、わたしは彼と向き合った。「ギデオン、誓って言うけれど、わたしは——」

「黙って」彼は両手でわたしの顔を包み込み、キスをした。彼の口がやさしく、でも執《しつ》拗《よう》に、わたしの口の上を動く。

驚いたわたしは、心臓が一拍打ってからようやく、両手を彼の上着の下にすべりこませ、引き締まった腰をつかんだ。彼の舌が口に深く差し込まれて、低くうめき声をあげる。

彼が体を引き、わたしは彼を見上げた。見えるのは、はじめて出会ったときと同じ、ダークスーツを着たまぶしいくらい美しいビジネスマンだが、その目の奥に見えるのは……。

喉がカーッと熱くなる。

支配力と焼けつくような激しさ、渇望と欲求。彼の指先がわたしのこめかみから頬へとたどり、喉元へと下りていく。彼はわたしの顔を上に向かせ、やさしく唇に唇を重ねた。なにも言わないけれど、なにも言う必要はない。わたしにはわかる。

たがいの指先を組み合わせ、彼はわたしを連れてまた診察室へもどった。

9

クロスファイア・ビルの回転バー式セキュリティゲートを急いで抜けると、ロビーで待っているケアリーを見つけて、にっこりした。すり切れたジーンズにVネックのTシャツ姿でも高級感が漂うのはすごいと思う。

「どうも、久しぶり」と、声をかけた。

「どうも、知らない人」彼が手を差し出し、ふたりで手をつないで脇のドアからビルを出た。「幸せそうだね」

真昼の熱気が形のある壁のようにまともにぶつかってくる。「うわ。地獄並みの暑さね。どこか近くにしましょう。タコスでいい？」

「もちろん」

メグミがおしえてくれた小さなメキシコ料理店へ彼を連れていき、〝知らない人〟と呼ばれてどんなにうしろめたさを感じているかは、なんとか気づかれないようにがんばった。家には三日くらいもどっていないうえ、ギデオンが週末に旅行を計画しているので、また何日かしないとケアリーといっしょには過ごせない。わたしから誘って、いっしょにランチをすることができて、ほんとうにほっとした。彼と顔を合わせて元気でやっているかどうか確認しないまま、長いあいだ過ごすのはいやだった。

「今夜はなにか予定があるの？」ふたりの料理を注文してから、彼に訊いた。

「いっしょに仕事をしたカメラマンが、今夜、誕生日のどんちゃんパーティをやるんだ。ちょっと顔を出して、どんなようすかのぞいてこようと思ってる」タコスとアルコール抜きのマルガリータができるのを待ちながら、ケアリーはかかとに体重をかけて、体をうしろにかたむけている。「ボスの妹と出かける予定は変わらないの？　いっしょにパーティに来るかい？」

「義理の妹よ」と、訂正する。「彼女がコンサートのチケットを持ってるの。彼女によると、わたしは最後の頼みの綱で、でも、それとは関係なく、行けばおもしろいと思うわ。少なくとも、そう期待してるの。聞いたことのないバンドだから、とにかく、ひどくなければいいと祈ってる」

「なんていうバンド？」

「シックス・ナインス。知ってる？」

ケアリーは目を見開いた。「シックス・ナインス？　ほんとに？　いいバンドだよ。きみも気に入ると思う」

カウンターに置かれたふたり分の飲み物をつかむ。タコスののったトレーはケアリーにまかせた。「あなたは聴いたことがあって、ショーナは大ファン。わたしはどこにいたわけ？」

「クロスと彼の硬いあそこの下。彼といっしょに行くの？」

「ええ」ビジネスマンふたりが立ち上がって歩きだしたのを見逃さず、急いで近づいてテーブルを確保する。自分といっしょでなければ行かせない、とギデオンに断言されたことは黙っていた。ケアリーがおもしろく思わないのはわかっているから。そして、わたしがあんなに簡単に受け入れたのはなぜだろう、と思った。こういう問題について、ケアリーとわたしの意見はたいてい一致するのに。

「クロスがオルタナティブ・ロックが好きとは思えないな」ケアリーはわたしの向かいの椅子に、流れるように身を沈めた。「きみがどんなに好きか、彼は知ってるの？　とくに演奏する連中が好きってことを？」

わたしはケアリーに向かって舌を突き出した。「そんな話を蒸し返すなんて、信じられない。大昔の話じゃないの」

「だから？　ブレットはすてきだったよ。彼のことを考えたりする？」

「恥ずかしさとともにね」そう言って、カルネアサダ・タコスをひとつ、手に取った。

「だから、思い出さないようにしてる」

「彼はまともなやつだったよ」ケアリーは言い、マルガリータ味のシャーベット状のドリンクを、音をたててたっぷり吸い込んだ。

「まともじゃなかったなんて言ってないわ。わたしとは合わなかっただけ」人生のあの時期のことを考えただけで、ばつの悪さに身をよじりたくなる。ブレット・クラインは刺激的で、聴いているだけで濡れてきてしまう声の持ち主だったけど、かつて乱れていたわたしの性生活で不適切な選択をしてしまった典型的な例だ。「話題を変えるわ……。最近、トレイと話をした？」

ケアリーの笑みが消えた。「今朝」

わたしは辛抱強く待った。

やがて、ケアリーはため息をついた。「彼が恋しいよ。話ができなくて寂しい。彼ってめちゃくちゃ頭がよかっただろう？　きみみたいにね。今夜、さっき言ったパーティにいっしょに行くんだ」

「友だちとして？　それとも、デートの相手として？」

「これ、すごくおいしいね」タコスを一口かじってもぐもぐ嚙んでから、答える。「友だちとして行くことになっているけどね、僕はたぶん、そんなのなかったことにして彼とやっちゃうな。ふたりきりにならないように、パーティ会場で会って、おたがい、そこから家に帰ることにしてもらったけど、彼とならいつだって、トイレでもメンテナンスの用具入れでもできちゃうから。僕には意志の力っていうものがなくて、彼は僕にはノーって言えないからね」

力ない口調で言われ、胸が痛んだ。

「どういう感じかわかるわ」そっと言って、思い出させた。かつてのわたしもそうだった。だれかとつながっていると感じたくて、いつもうずうずしていた。「だったら……あの……前もって処理しておけばいいのに。たぶん、効き目はあると思う」

ハンサムな顔にいたずらっぽい笑みがゆっくり広がった。「いまのを、僕の留守電にメッセージとして残してくれない？」

ナプキンを丸めて、彼目がけて投げた。

ケアリーは笑いながら受け取った。「きみって、そういう慎み深い面もあるんだよね。大好きだな」

「わたしはあなたを愛してる。だから、幸せになってほしいの」

わたしの手を唇まで持ち上げて、甲にキスをする。「なろうとがんばってるよ、ベイビー・ガール」

「わたしはいつでもあなたの味方よ、たとえ家にいなくても」

「わかってる」ぎゅーっとわたしの手を握ってから、離す。

「来週は家にいる時間も増えると思うわ。パパを迎える準備をしなくちゃ」タコスを一口かじったら、あまりのおいしさに、つま先が軽く喜びのタップを踏んだ。「金曜日のことをお願いしたかったの。わたしは仕事だから、もし、あなたが家にいるなら、パパの相手をしてもらえる？　パパの好きな食べ物を買い置きして、町の地図も何種類か用意するつもりだけど——」

「問題ないよ」ケアリーはそばを通りかかったきれいなブロンドにウインクをした。

「彼のことはなにも心配いらない」

「パパがこっちにいるあいだ、いっしょにショーが観たい？」

「エヴァ、ハニー、僕はいつだってきみと楽しみたいと思ってるんだ。場所と時間さえおしえてくれたら、可能なかぎり都合をつけるよ」

「そうだ！」急いで口のなかのものを嚙んで呑みこんだ。「このあいだ、バスの車体にあなたのすてきな顔写真がプリントされてるのを見たって、ママが言ってたわ」

ケアリーはにっこりした。「知ってるよ。携帯で撮った写真を送ってくれたから。すごいだろ？」

「それ以上よ。お祝いしなくちゃ」彼のお得意の台詞を盗んで、言ってみた。

「そのとおり」

「うわー！」ブルックリンにある彼女のアパートメントの建物の前の歩道で立ち止まったショーナは、通りでエンジンをかけたまま待っているリムジンを見て、ぽかんと口を開けた。「すごい力の入れようね」

「わたしのじゃないわ」さらりと言い、彼女のぴったりした赤いショートパンツと、計算して切り裂いたシックス・ナインスのTシャツを観察した。明るい色の髪はまとめて逆毛を立てて盛り上げ、ショートパンツと同じ色の口紅を塗っている。とてもセクシーで、コンサートを目いっぱい楽しもうという気満々だ。わたしの超ミニの黒革のプリーツスカートに、ぴったりしたリブ織りの白いタンクトップ、〈ドクター・マーチン〉のチェリーレッドの編み上げブーツという服のチョイスはまちがっていない、と安心した。

アンガスと話をして背中を向けていたギデオンが、振り返ってこちらを見た。その瞬間、シャワーを浴びて着替えた彼をはじめて見たときのように、言葉を失った。ルーズフィットの黒いジーンズに、プレーンな黒いTシャツ、どっしりした黒いブーツ、というかぎりなくさりげない取り合わせがたまらなくセクシーで、その場で押し倒したくなった。スーツ姿は〝謎と危険の塊〟で、ロックする気満々のときはさらにその上をいっている。ふだんより若々しく、どこから見てもおいしそうでよだれがあふれてしまう。

「ああ、もう、わたしに紹介してくれるのは彼だって言ってよ」ショーナはささやき、わたしの手首を握って万力のように締めつけた。

「だめよ、自分のがいるくせに。あれはわたしの」そう口に出して言うと、ひどくドキドキしてくる。わたしのもの、と言える彼。だから、触って、キスできる。そして、あとで、くたくたになるまでファックできる。そうよ、もちろん……。

思わずうずいて脚をそわそわさせると、ショーナは声をあげて笑った。「わかったわ。わたしは紹介される彼でよしとする」

わたしが主人役をつとめ、ショーナが先にリムジンに乗り込むのを待った。そして、彼女のあとにつづこうとしたそのとき、ギデオンの手がスカートのなかに入ってきて、お尻をつかまれた。

さらに、わたしの背中に体を密着させて、耳元でささやく。「前かがみになるときは、うしろにちゃんと僕が立っているかどうか確認するんだよ、エンジェル、そうしないと、このかわいいお尻をぶつからね」

顔を横に向け、頰を彼の頰に押しつけた。「生理が終わったわ」

彼はうなり声をあげ、指先をお尻の肉に食い込ませた。「なぜもっと早く言ってくれなかった？」

「じらすことで興奮するのよ、エース」以前、彼にいじめられたときのフレーズを使った。彼が毒づき、わたしは声をあげて笑いながら、ベンチシートのショーナの隣に坐った。

アンガスがするりと運転席について、車が動きだし、途中、最高級シャンパン〈アルマン・ド・ブリニャック〉を開けた。向かったのは、最近流行りのフュージョンビストロ〈タブロ・ワン〉で、店の前にはかなりの行列ができて、ビートのきいた音楽が前の通りまであふれていた。シャンパンの酔いに、スカートのほとんど不道徳な裾のラインに向けられるギデオンの熱い視線が加わって、店に着くころには頭がくらくらしていた。

ショーナはベンチシートの前のほうまでお尻をすべらせていって、黒い窓ガラスの向こうを見つめた。「出発する前に、ダグがこの店に連れていってくれようとしたんだけど、二か月先まで予約がいっぱいだったの。予約なしで行くこともできるけど、そうなると何時間も待たされるし、結局、食事ができないことだってあるのよ」

リムジンのドアが開いて、アンガスの手を借りて、まずショーナが、つづいてわたしが外に出た。ギデオンが近づいてきて、ロックコンサートではなく祝典に向かうかのようにわたしの腕を取った。わたしたちはすぐに席に案内され、支配人がうるさいくらい上機嫌で歓迎してくれるので、ギデオンを見て口の形だけで訊いた。〝ここもあなたの？〟

「そう、共同経営している」

わたしはため息をつき、避けられないものを受け入れた。「あなたのお友だちも、ここでいっしょに食事を？」

ギデオンが小さく顎で指し示した。「もういるよ」

彼の視線を追っていくと、ブルージーンズにシックス・ナインスのTシャツを着た感じのいい男性にぶつかった。彼が真ん中になって、左右をかわいらしい女性にはさまれて写真を撮っている。スマートフォンのカメラをかまえた人に満面の笑みを向けたあと、ギデオンに手を振り、女性たちに、失礼、と言って立ち上がった。

「やだ、信じられない」ショーナがぴょんぴょんと跳びはねた。「アーノルド・リッチよ！ ここのオーナーなの。それに〈フードネットワーク〉に番組も持ってるわ！」

ギデオンはわたしの手を離してアーノルドとがっちり握手をしてから、親しい男友だちらしく、背中を叩き合った。「アーノルド、ガールフレンドのエヴァ・トラメルだ」

わたしが差し出した手をアーノルドが握り、引き寄せて、ためらうことなく口にキスをした。

「離れて」ギデオンはぴしゃりと言い、わたしを引っ張って自分のうしろに隠した。

にっこり笑うアーノルドの黒っぽい目が愉快そうに輝いた。「そして、こちらの絶世の美女はどなたかな？」そう尋ねてショーナのほうを向き、彼女の手を持ち上げて唇をつけた。

「ショーナ、こっちはきみのエスコート役のアーノルド・リッチだ。彼が生きて食事を終えられたら、ということだが」ギデオンは視線で友人に警告を発した。「アーノルド、こちらはショーナ・エリソンだ」

ショーナは文字どおり輝いた。「わたしの彼はあなたの大、大ファンなの。わたしもよ。彼があなたのレシピでラザニアを作ってくれたことがあって、それはもう、サ・イ・コーだったわ」

「ギデオンから、彼はいまシチリアにいるって聞いたよ」アーノルドのしゃべり方にはとても心地いい訛《なま》りがある。「きみも時間を作って、今度はぜひ彼といっしょに行くといいよ」

思わずギデオンを見つめた。ショーナのボーイフレンドについて、そこまで情報はあたえていないはずだ。彼は、なにも知らない、というとぼけた顔に、ほとんど見えないくらいの笑みを浮かべて、わたしを見下ろした。

わたしはむっとして首を振ったけれど、今夜がショーナにとって忘れられない夜になるのはまちがいなかった。

それからの一時間は、とびきりの料理とすばらしいワインとともにあっというまに過ぎていった。ラズベリーを添えたとてつもなくおいしいザバイオーネ（卵、砂糖、シェリー酒などで作るクリーム）を食べ終えて、ふと気づいたらアーノルドがにっこりほほえんでわたしを見ていた。

「美しい《ベリッシマ》」と、賞賛する。「食欲旺盛な女性を見るのは、いつも変わらず無上の喜びだ」

ちょっとばつが悪くて真っ赤になった。どうしようもないのだ。食べるのが大好きだから。

ギデオンは片方の腕をわたしの椅子の背にかけて、うなじの髪をもてあそんでいた。

もう一方の手で持った赤ワインのグラスを口に近づけて、唇を舐め、わたしを味わっているつもりなのはわかった。彼の欲望がふたりのあいだの空気をビリビリさせているから。食事のあいだずっと、そんな欲望の気配にとらえられていた。

テーブルクロスの下に手を伸ばして、ジーンズ越しに手のひらでコックを包み、握った。ほどほどの硬さがたちまち石の硬さになったものの、外見上、彼の興奮を示すものはほかになにもない。

それが挑戦のように思えてならない。

彼の硬くて長い部分を指先でなではじめる。人に気づかれないように、ゆっくりと、さりげなく。うれしいことに、ギデオンは会話をつづけて、声を詰まらせたり表情を変えたりもしない。彼の自制心に刺激されて、わたしはますます大胆になる。ジーンズの前のボタンに手を伸ばしたのは、彼を解き放って、肌と肌で直接触れ合ってさすりたい、という思いにかられたから。

ギデオンはまたゆっくりとワインに口をつけ、グラスを置いた。

「きみだけだよ、アーノルド」友だちがなにか言ったのに答えて、ギデオンがそっけなく言った。

ジーンズの前のいちばん上のボタンを引っ張ろうとしたら、手首をつかまれた。その手を持ち上げて唇に押しつけるのは、どこから見てもさりげない愛情表現だ。不意に指の腹をすばやく噛まれて驚き、はっと息を呑む。

アーノルドがほほえんだ。独身男性が、女性につかまったべつの独身男性に見せる、わけ知り顔で、ちょっとからかうようなほほえみだ。さらに、イタリア語でなにか言う。ギデオンが答えた。そのなめらかな発音はセクシーで、口調は皮肉っぽい。アーノルドは黒っぽい頭をそらして、声をあげて笑った。

わたしは椅子に坐ったまま身をよじった。リラックスして楽しんでいるギデオンを見るのは、たまらなく好きだ。

ギデオンは空になったわたしのデザート皿を見てから、わたしを見た。「そろそろ行くかい？」

「ええ、そうね」残りの夜がどんなふうに更けて、ギデオンのべつの顔があといくつ見られるのか、楽しみでならない。いまみたいな彼を愛さずにはいられないから。スーツ姿のパワーみなぎるビジネスマンや、ベッドのなかの支配的な恋人や、涙をこぼす傷ついた子どもや、泣きじゃくるわたしを抱きしめてくれるやさしいパートナーに劣らず。

彼はとても複雑で、わたしにとってはいまも、とてつもなく大きな謎だ。まだ、彼という存在の表面をせいぜいひっかいたくらいなのだろう。それでも、深すぎるほど彼にはまってしまうのは止めようがない。

「このバンド、いいわ！」ショーナが叫び、オープニングアクトのバンドがたたみかけるように五曲目を演奏しはじめた。

わたしたちは三曲目が終わったところで座席を離れ、身をよじって押し合う客をかき分けて進み、坐って見るエリアと、ステージのすぐ前のモッシュピット（立ち見客が自由に踊ったり押し合ったりするエリア）を隔てる柵にたどり着いた。ギデオンは背後から両腕でわたしを囲うようにして、柵を握った。まわりでは客がひしめき合い、前へ前へと押し寄せてくるけれど、彼の体がクッションになってわたしは守られている。隣のショーナも同じようにアーノルドに守られている。

ギデオンなら、これよりはるかにいい席を手配できたにちがいない。でも、ショーナはファンだけが手に入れられるチケットを買って誘ってくれたのだから、わたしたちは彼女の席につくしかないと、彼に言う必要はなかった。それをちゃんと理解して、流れに従う彼が大好きだ。

振り返って、彼を見る。「このバンドもヴィダールの所属？」

「いや。でも、気に入ったよ」

彼がライブを楽しんでいるのが、たまらなくうれしい。わたしは両手を突き上げ、叫んだ。ひしめく客のエネルギーとうねるビートになにかがかきたてられる。ギデオンの腕に丸く囲まれたなかで踊り、体は汗びっしょりで、血流がうなりまくっている。

演奏が終わると、裏方がすばやく作業に取りかかって、楽器や装置を片づけ、シックス・ナインスのセッティングをはじめる。楽しい夜を過ごせて、愛する男性とわれを忘れてはじけられるのがありがたくて、くるりとうしろを向いて両腕をギデオンの首にからめ、唇を彼の唇に押しつけた。

彼はわたしを持ち上げて、両脚で腰をはさみつけるようにうながし、激しくキスをした。すでに硬くなったものを押しつけて、もっと強く、深くつながるように誘ってくる。まわりの客たちが口笛を吹いたり、「部屋を取れよ」から「ファックしちゃえよ、彼氏!」まで、さまざまな野次を飛ばしはじめる。でも、わたしは気にしない。ギデオンも同じで、わたしに負けず、官能と熱狂の渦に巻き込まれているようだ。わたしのお尻に当てた手にぐいぐいと力をこめて、大きくなったものにすりつけながら、もう一方の手で髪をつかんで、自分の好きな位置に固定して、もうやめられないかのように、そして、わたしの味に飢えているかのように、キスをする。

たがいに口を開けたまま、激しく、こすり合わせる。彼は、舌ですばやく、深く、わたしの口をファックして、愛を交わす。わたしは彼を受け入れて、舐めて、味わい、執拗な要求にうめき声をあげる。彼はわたしの舌を吸い、唇ではさんでしごき上げる。もう、たまらない。わたしはすっかり潤って、もう痛いくらい彼のコックがほしい。彼に満たされたくて、頭がどうかなりそうだ。

「もういってしまいそうだ」彼はうなるように言い、わたしの下唇を歯ではさんで引っ張った。

彼と、その野蛮なくらいの熱情にのめり込んでいたわたしは、シックス・ナインスの演奏がはじまったことにもろくに気づかなかった。ヴォーカルの声がはじけてようやく、はっとわれに返った。

そして、体をこわばらせた。意識が欲望の霧をかき分けて進み、わたしが聴いているものはいったいなんなのか、分析しはじめる。この曲は知っている。目を開けると同時に、ギデオンが顔を離した。彼の肩越しに、手書きのプラカードが掲げられているのが見える。

〝ブレット・クラインはわたしのもの！〟〝やってよ、ブレット！〟。わたしがいちばん気に入ったのは〝ブレット、神の怒りみたいに激しく抱き合おう!!!〟だ。

まったく。ありえないでしょう？

もちろん、ケアリーは知っていたのだ。知っていて、なにも言ってくれなかった。おしえるよりも、思いがけなく知ったほうが刺激的だと思ったのだろう。

腰に巻きつけていた脚から力が抜けると、ギデオンはわたしを床に下ろして立たせ、体を盾にして、熱狂した客からわたしを守った。どうかしてしまったかのように胃のあたりをドキドキさせながら、まわれ右をしてステージに向き合う。まちがいない。マイクに向かっているのはブレット・クラインだ。深くて、パワフルで、並はずれてセクシーな声を、動いている彼を観にきた数千人のファンに注ぎこんでいる。つんつん立った短い髪の先端はプラチナ色で、細い体にオリーブ色のカーゴパンツと黒いタンクトップを着ている。わたしの立っているところからはよく見えないけれど、彼の目はすばらしいエメラルドグリーンで、野性的なハンサムだと知っている。片えくぼのできるとっておきの笑顔は、女性たちの正気を失わせる。

なんとか彼から視線を引き離して、バンドのほかのメンバーを見たら、全員、知っている顔だった。でも、サンディエゴではシックス・ナインスではなかった。あのころは、キャプティブ・ソウルと名乗っていた。どうしてバンド名を変えたのだろう。

「いいバンドじゃないか？」よく聞こえるように、わたしの耳に口をくっつけてギデオンが訊く。片手で柵をつかみ、もう一方はわたしのウエストにまわして引き寄せ、ぴったり密着させた体を音楽に合わせて動かしている。彼の体とブレットの声の両方が、すでに手がつけられなくなったわたしの性欲をさらにかきたてる。

目を閉じて、背後の男性と、ブレットの歌を聴くたびに感じる独特の高揚感に集中する。音楽が血管を震わせながら全身をめぐり、記憶――いいことも、悪いことも――をたぐり寄せる。欲望が全身で脈打つのを感じながら、ギデオンの腕のなかで体を揺らす。彼の欲求は痛いほど感じていた。それは彼の体から熱気のように発散され、わたしに染みこんで、肉体がつながっていないのが苦しくなるほど、彼を求めさせる。

わたしのお腹に手のひらを密着させている彼の手をつかんで、引き下ろす。

「エヴァ」欲望に圧倒された声がかすれている。今夜ずっと、わたしは彼を刺激しつづけてきた。生理が終わったと告げたときから、レストランのテーブルの下で手を使ったときも、ライブの合間に燃えるようなキスをしたときもずっと。

彼はわたしのむき出しの腿をつかみ、さらに力を込めた。「開いて」

左の足を柵の土台にのせる。頭をそらして、彼の肩に押しつけた直後に、彼の手がスカートのなかに差し込まれた。彼の舌が耳の入り口をたどり、荒くて速い息づかいが聞こえる。わたしがどんなに濡れているか探り当て、彼がうめくのを聞いたというよりも、感じた。

曲がいつ終わったのか、つぎの曲がいつはじまったのかわからない。ギデオンはボーイショーツのクロッチ越しにわたしをさすり、円を描き、割れ目をたどる。彼の指の動きに合わせて腰がくねり、体の中心がぎゅっと締まって、お尻が彼の硬い盛り上がりをこねまわす。数センチの隙もなく、数十人に取り囲まれ、わたしはいきそうになっている。ギデオンがそうさせるから。彼のそんなところに、わたしはおかしいくらい興奮してしまう。わたしに触れているかぎり、彼にとってはなにがどうでもかまわないのだ。

それくらい、わたしに集中してしまう。

「これがほしかったんだ、エンジェル」下着を脇にずらして、彼の指が二本、わたしのなかに沈んできた。「何日も、このすてきなカントにファックしつづけるよ」

客たちがまわりでひしめき合い、音楽が降り注ぐなか、ほかに気をそらされているというだけで成り立つふたりだけの世界で、ギデオンはわたしのぐっしょり濡れた性器に深く指をすべりこませ、そのまま動かない。しっかりと満たされるだけの結合に、なにかがかきたてられる。わたしは彼の手に腰を押しつけてくねらせ、ほしくてたまらないオーガズムを目指す。

曲が終わって、照明が落とされた。闇に沈んだ観客が歓声をあげる。期待感が広がって高まり、やがて、ギターの弦がつま弾かれると、観客の思いが一気に解き放たれる。歓声がわき起こって、ライターの火がともされ、人の海が数千匹のホタルの群れに変わる。

スポットライトがステージに差し込み、スツールに坐っているブレットの姿が浮き上がった。シャツを脱いで、汗に濡れた上半身を光らせている。胸の筋肉は硬く盛り上がり、腹筋はくっきりと割れている。マイクスタンドを低くする、その動きにつれて乳首のピアスが光る。客席の女性たちが金切り声をあげる。ショーナもそのひとりで、さらに、ぴょんぴょん跳びはねて、耳をつんざくような口笛を吹いた。

わたしはようやくすべての事情を呑みこんだ。ステージのスツールに坐って、両足を横桟に引っかけ、たくましい腕に黒とグレーのタトゥーを入れたブレットは、たとえようもないほどセクシーで、最高のファック・パートナーに見える。四年近く前の六か月間、わたしはチャンスがあるたびに彼を裸にしようと自分をおとしめ、彼に溺れ、愛されたい一心で、彼が投げるどんなゴミでも受けとめた。

ギデオンの指がすべりはじめ、わたしから出たり入ったりしている。ベースの音が響く。ブレットはわたしが聴いたことのない曲を歌いはじめた。声は低く、魂がこもっていて、言葉のひとつひとつがクリスタルのように澄んで鮮明だ。まさに堕天使の声。聴く者をうっとりさせ、誘惑する。そして、彼の顔と体が、その誘惑の魔手をさらに強力にする。

ゴールデンガール、そのままで
大勢の前で歌う、響く音楽
夢のようないま、波に乗ってる
でも、あそこにきみがいる、髪輝かせて
すぐに行くよ、高く飛びたい
ゴールデンガール、そのままで

大勢の前で踊る、響く音楽
ほしくてたまらない、きみから、目が離せない
あとで、きみはひざまずく。お願い、って言う
そして、きみは行く、きみの体しか知らない僕

ゴールデンガール、どこへ行ったの？
そこにきみはいない、髪輝かせて
バーでもバックシートでも、きみは僕のもの
でも、心は知らない。僕はばらばら
ひざまずいて、頼むよ、お願い

どうか、行かないで。知りたいことはまだたくさん
エヴァ、お願い。ひざまずくよ

ゴールデンガール、どこへ行ったの？
大勢の前で歌う、響く音楽
そこにきみはいない、髪輝かせて

エヴァ、お願い。ひざまずくよ

スポットライトが消えた。長い時間をかけて、音楽がフェイドアウトする。そして、照明がもどり、ドラムのリードで一気に演奏が盛り上がった。炎が噴き上がり、観客が熱狂する。

でも、わたしはわれを失っていた。耳の奥で轟音《ごうおん》が響き、胸が詰まって、戸惑いに頭がくらくらする。

「この曲を聴くと」ギデオンが耳元でうなるように言い、指で荒々しくファックしつづける。「きみの姿が思い浮かぶ」

彼が手のひらをクリトリスに押しつけて、こすり、わたしはオーガズムに達して、一瞬のうちに嵐に連れ去られた。目に涙が浮かぶ。叫び声をあげ、彼の腕のなかで身を震わせた。目の前の柵を握って、しがみつき、止めようのない快感が脈打ちながら体をめぐるにまかせた。

コンサートが終わり、頭のなかには、とにかくケアリーに連絡を取ることしかなかった。観客が減るのを待ちながら、ぐったりギデオンにしなだれかかり、彼の力強い両腕に支えられた。

「だいじょうぶかい？」ギデオンは尋ね、両手でわたしの背中をさすってくれた。

「だいじょうぶ」と、嘘をついた。正直に言えば、自分がどんな気分なのかもわからない。ブレットがわたしをモデルに曲を書き、わたしたちのセフレ時代を脚色していようと、べつにどうでもいい。わたしはいま、ほかの人を愛しているから。

「僕もいきたい」と、彼がつぶやいた。「死ぬほどきみのなかに沈みたいよ、エンジェル。まともにものが考えられない」

彼のジーンズのうしろのポケットに両手を差し込む。「じゃあ、もうここを出ましょう」

「バックステージに行けるんだが」体を引いて見上げると、彼はわたしの鼻の頭にキスをした。「きみがもう帰りたいなら、ふたりにはなにも言わなくていい」

一瞬、真剣に考えた。ギデオンのおかげで、いまのままでも今夜は充分にすばらしかった。それでも、ショーナとアーノルド――彼もシックス・ナインスのファンだ――に、一生忘れられない思い出をあげずにいれば、あとになって後悔するのは目に見えている。それに、ブレットをちらりと見たいという気持ちがないと言えば嘘になる。彼に見られたくはなくても、彼を見てみたい。「だめよ。連れていってあげましょう」

ギデオンがわたしの手を握りながらバックステージの件を話したときの、ふたりのはしゃぎようを見たら、これは全部彼らのためなのだ、と自分に言い訳できた。わたししたちはステージへ向かい、その脇に立っていた警備員の大男にギデオンが話しかけた。大男がヘッドセットのマイクでなにか連絡をしているあいだに、ギデオンは携帯電話を出して、アンガスにリムジンを裏にまわすように伝えた。話しながらギデオンはじっとわたしの目を見つめていた。その目の熱さと、のちの楽しみを予感させるなにかに、思わず息を吞む。

「あなたの彼って最強よね」ショーナは言い、畏敬の念をこめてギデオンを見た。捕食者のそれではなく、感謝をこめた目つきで。「信じられないような夜だわ。あなたにはたっぷりお返ししないと」

わたしを引き寄せて、すばやく、きつく抱きしめる。「ありがとう」

わたしも彼女を抱きしめた。「誘ってくれてありがとう」

長身で、手脚がひょろりと長く、髪にブルーの筋を入れて、流行りの黒縁眼鏡をかけた男性が近づいてきた。「ミスター・クロス」と、ギデオンに挨拶をして、手を差し出す。「今夜、いらっしゃるとは知りませんでした」

ギデオンは男性と握手した。「言わなかったからね」さらりと言って、空いているほうの手をわたしに差し出した。

その手を握ったわたしを前に引き出して、シックス・ナインスのマネージャー、ロバート・フィリップスに紹介する。つづけて、ショーナとアーノルドを紹介したあと、わたしたちはバックステージに案内された。途中、通り抜けた通路ではあわただしく後片づけの作業が進められ、グルーピーもうろついていた。

突然、ブレットの姿をちらりとも見る気がしなくなった。彼が歌うのを聴いているあいだは、ふたりの間に起こったことを思い出さずにいられた。彼が書いた曲を聴いたあとでは、簡単に忘れられそうな気さえした。でも、過去のあの時期は、とうてい誇りに思えるものじゃない。

「バンドのメンバーはこちらです」ロバートは言い、音楽と騒々しい笑い声が聞こえてくる開け放たれた扉のほうを示した。「みなさんに会えば、彼らも大喜びするでしょう」

急に足が前に出なくなった。ギデオンが立ち止まって、心配顔でわたしを見下ろした。

わたしは背伸びをしてささやいた。「わたしはべつに会いたくないわ。あなたがよければ、楽屋の化粧室に寄ってから先に出て、リムジンのところで待ってる」

「ここで待っていて、いっしょに出ようか？」

「だいじょうぶ。わたしのことは心配しないで」

彼はわたしの額に触れた。「気分が悪い？　顔が赤いね」

「最高の気分よ。どれだけすばらしかったかは、帰ったらすぐに見せてあげる」

この一言の効き目は抜群だった。彼の眉間の皺が消えて、口がカーブを描いた。「だったら、こっちの件はさっさと片づけよう」そう言って、ロバート・フィリップスを見て、アーノルドとショーナを示した。「ふたりを案内してもらえるかな？　すぐに行く」

「ギデオン、ほんとうにだいじょうぶ……」

「いっしょに行くよ」

その口調で言われたら、なにを言っても無駄だとわかっていた。六メートルほど先の化粧室まで付き添ってもらう。「あとはだいじょうぶだから、エース」

「ここで待っている」

「そんなことをしていたら、ふたりとも、いつまでたってもここから出られないわ。いいから、自分の用事をして。わたしはだいじょうぶ」

彼は揺るぎない目でわたしを見つめた。「エヴァ、きみをひとりにはできない」

「自分のことは自分でできるわ。ほんとうよ。出口はすぐそこだし」廊下の先を指さす。明かりのともった〝出口〟の表示の下、両開きのドアが開いたままになっている。ローディーたちがすでに機材を運び出しているところだ。「アンガスは、あの外にいるんでしょ？」

ギデオンは一方の肩で壁に寄りかかり、腕組みをした。

わたしは両方の手のひらを上に向けた。「オーケイ。わかったわ。好きにして」

「わかってきたね、エンジェル」そう言って、ほほえむ。

小声で文句を言いながら、化粧室に入って用を足した。シンクで手を洗いながら鏡をのぞきこんで、ぎょっとした。たっぷり汗をかいたせいで化粧が落ち、アライグマみたいに目の下が黒くなって、瞳孔も開いている。

「こんなわたしのどこがいいの？」あざけるように言い、いまも目をみはるくらいすてきな彼を思い浮かべる。あんなに熱く、汗まみれでも元気いっぱいだった彼にたいして、わたしはぐしょぐしょでよれよれ。でも、外見にも増してひどかったのは内面で、個人的なしくじりのことばかり考えていた。振り払うことはできない。ブレットと同じ建物にいるあいだは。

ペーパータオルを正方形に折って濡らし、目の下の黒い汚れをぬぐい取り、廊下に出た。ちょっと離れたところで待っていたギデオンは、ロバートと話をしていた。正確に言うと、彼の話を聞いていた。バンドのマネージャーはあきらかになにかに有頂天になっていた。

ギデオンはわたしに気づき、ちょっと待って、と言うように片手を上げたけれど、わたしは、彼を待って、また面倒なことになるのはいやだった。廊下の先の出口のほうを身振りで示して体の向きを変えると、引き止められる前に歩きだした。楽屋の扉の前を足早に行き過ぎながら、ちらりとなかを見ると、ショーナがビールを片手に笑っていた。部屋は人であふれて騒がしく、彼女はとても楽しんでいるように見えた。

ほっとしながら建物から出た。なかにいたときの十倍は心が軽くなっていた。バスがずらりと並んだ向こうにギデオンのリムジンが停まっていて、その横にアンガスが立っていた。手を振って、そちらに向かって歩きだす。

その夜のことを振り返り、ギデオンののびのびしたようすを思って、ちょっといらだつ。今夜の彼は、企業買収でもするようにビジネス用語を使ってわたしをベッドに誘おうとした男とはまるで別人だった。

彼を裸にするのが待ち切れない。

右手の暗闇でいきなり炎が上がって、ぎょっとした。その場に立ち尽くして、ブレット・クラインが唇から垂らしたクローブ入りの煙草にマッチの火を近づけるのを見つめた。彼は出口の脇の暗がりに立っていて、揺れる炎に照らされて彼の顔が浮かび上がり、わたしを過去の記憶へとしばし引きもどした。

彼が顔を上げ、わたしの姿に気づいて凍りついた。見つめ合うふたり。興奮と不安にかられて、わたしの心臓は壊れてしまったかのように一気に強く打ちはじめた。彼が突然、毒づき、指先を焦がしかけたマッチを振り捨てた。

わたしは、なんとかふだんどおりの足取りで歩きはじめ、まっすぐアンガスとリムジンを目指した。

「ちょっと！ 待って」ブレットが叫んだ。駆け足で近づいてくる足音がして、アドレナリンが噴き出して全身をめぐった。重い機材を積み上げた台車を押しているローディーがいたので、その向こうにまわりこみ、彼を盾に身を隠すようにして二台のバスの隙間に逃げ込んだ。バスの側面に背中を押しつけ、開けっぱなしのふたつの荷物室のあいだに立っていた。暗がりで身を縮めていると、臆病者になった気がしたものの、ブレットに言うことはなにもないとわかっていた。わたしはもう、彼が知っているような少女じゃない。

こちらに気づかず、走って通り過ぎていく彼が見えた。わたしはその場を動かないことにした。気が済むまで探して、見つからなければ彼もあきらめるだろう。時間が気になってしかたがなかった。すぐにでもギデオンが探しにくるのはまちがいない。

「エヴァ」

名前を呼ばれて縮み上がった。そちらに顔を向けると、反対側からブレットが近づいてきた。わたしは右ばかり見ていたが、彼は左から近づいてきた。

「やっぱり、きみだ」荒々しく言う。彼はクローブ入りの煙草を地面に落として、ブーツで踏みにじった。

気がついたら、言い慣れた言葉を口にしていた。「やめなくちゃ」

「まだ言ってくれるんだ」彼がそろそろと近づいてくる。「ライブを見た？」

わたしはうなずき、バスから離れて、一歩後ずさりをした。「すごかったわ。ほんとに、すばらしい演奏だった。うれしかったわ」

わたしが一歩下がるたびに、彼は一歩近づいてくる。「こんなふうにきみを見つけられたらと思っていた。こうやって、ライブ会場でね。そして、きみを見つけたらどうなるだろうって、数えきれないほどいろんな展開を考えた」

なんと答えていいのかわからなかった。ふたりのあいだの空気はひどく張りつめ、息をするのもむずかしいくらいだ。

惹かれるものは、まだあった。

ギデオンに感じるものとはまったくちがう。それとくらべれば影のようなものだが、あることにはちがいない。

わたしはうしろ向きに歩いて、開けたスペースに出た。まわりでは、まだ大勢の人たちが作業中で、忙しく動きまわっている。

「どうして逃げる？」彼が訊いた。駐車場の照明はまぶしいほどで、彼の姿がはっきり見える。以前よりずっとすてきになっていた。

「だって……」ごくりと唾を飲みこむ。「なにも言うことがないから」

「嘘だ」焼けつくほど熱く、けわしい目でにらみつけられる。「きみは突然、現れなくなった。なにも言わず、ただ来なくなった。なぜだ？」

胃が締めつけられて、思わずお腹をさすった。なんて言えばいいの？　〝ようやく少しは大人になって、わたしは、あなたがライブの合間にトイレの個室でファックする大勢の女の子たちとはちがうんだって思ったのよ〟とか？

「なぜだ、エヴァ？　俺たち、うまくいってたのに、きみはいきなり消えてしまった」

わたしは横を向き、ギデオンかアンガスはいないかと探した。どちらの姿も見えない。リムジンのそばにはだれもいない。「もう昔の話だわ」

急に近づいてきたブレットに両腕をつかまれ、驚いた。いきなり攻撃的なことをされて、一瞬、恐怖に身がすくんだ。まわりに人がいなければ、パニックにおちいっていたかもしれない。

「説明するのが筋だろう」嚙みつくように言う。

「それは――」

彼はわたしにキスをした。だれよりもやわらかい唇でわたしの唇をふさぎ、味わった。なにが起こっているのか、わたしが把握したときにはもう、腕はさらにきつくつかまれ、振りほどけなかった。突き飛ばすこともできない。

そして、ほんの一瞬だけれど、わたしは逃げたくないと思った。

それどころか、キスを返していた。惹きつけられる魅力はまだあり、わたしは都合のいいばか女以上の存在だったのかもしれないと思うと、心の傷が少し癒えた。彼はクローブの味がした。働き者の男性のそそられる匂いを発散しながら、クリエイティブな魂がもつありったけの情熱をこめて、わたしの口を探った。とても親密な意味で、わたしは彼を知り尽くしていた。

けれども結局、自分がまだ彼に影響を受けてしまうことなど、どうでもよかった。ふたりが、わたしにとっては痛みをともなう記憶を分かち合っていることも。彼が書いた歌詞でうれしくなったり、ドキドキしたりしたことも。六か月間、鍵のかかる扉があればどこでもわたしとファックしながら、ほかの女の子たちとも楽しんでいる彼を見ていたけれど、ファックされたくて絶叫している女性ファンをステージから誘惑しているとき、彼が考えているのはわたしのことだったとわかったことも。どうでもよかった。

すべてどうでもいいのは、わたしが正気を失うほどギデオン・クロスを愛していて、彼こそわたしに必要なものだから。

わたしは息を切らして身をよじり——

——そして、こちらに向かって全力疾走してくるギデオンが見えた。彼は少しもスピードをゆるめず、ブレットに体当たりして、組み伏せた。

ベルベット文庫

リフレクティッド・イン・ユー　ベアード・トゥ・ユーII　上《じょう》

2013年6月30日　第1刷

著　者　シルヴィア・デイ

訳　者　中谷《なかたに》ハルナ

発行者　礒田憲治

発行所　株式会社 集英社クリエイティブ
東京都千代田区神田神保町2-23-1　〒101-0051
電話 03-3239-3811

発売所　株式会社 集英社
東京都千代田区一ツ橋2-5-10　〒101-8050
電話 03-3230-6393（販売）
03-3230-6080（読者係）

印　刷　大日本印刷株式会社

製　本　大日本印刷株式会社

ロゴマーク・フォーマットデザイン　大路浩実

ISBN978-4-420-32003-0 C0197

（下巻へつづく）